副刊文丛　一　主编　李辉　王刘纯

名人之后

沈秀红　编

中原出版传媒集团
中原传媒股份公司
大象出版社
·郑州·

图书在版编目(CIP)数据

名人之后 / 沈秀红编.— 郑州 : 大象出版社,
2018. 7
(副刊文丛 / 李辉, 王刘纯主编)
ISBN 978-7-5347-9817-7

Ⅰ. ①名… Ⅱ. ①沈… Ⅲ. ①新闻报道—作品集—中
国—当代 Ⅳ. ①I253

中国版本图书馆 CIP 数据核字(2018)第 117495 号

名人之后

MINGREN ZHIHOU

沈秀红 编

出 版 人 王刘纯
项目统筹 李光洁 成 艳
责任编辑 陈 灼
责任校对 安德华
封面设计 段 旭
内文设计 杜晓燕

出版发行 大象出版社(郑州市开元路 16 号 邮政编码 450044)
发行科 0371-63863551 总编室 0371-65597936
网 址 www.daxiang.cn
印 刷 北京汇林印务有限公司
经 销 各地新华书店经销
开 本 787mm×1092mm 1/32
印 张 9.625
版 次 2018 年 7 月第 1 版 2018 年 7 月第 1 次印刷
定 价 39.00 元
若发现印、装质量问题,影响阅读,请与承印厂联系调换。
印厂地址 北京市大兴区黄村镇南六环磁各庄立交桥南 200 米(中轴路东侧)
邮政编码 102600 电话 010-61264834

“副刊文丛”总序

李　辉

设想编一套“副刊文丛”的念头由来已久。

中文报纸副刊历史可谓悠久，迄今已有百年。副刊为中文报纸的一大特色。自近代中国报纸诞生之后，几乎所有报纸都有不同类型、不同风格的副刊。在出版业尚不发达之际，精彩纷呈的副刊版面，几乎成为作者与读者之间最为便利的交流平台。百年间，副刊上发表过多少重要作品，培养过多少作家，若要认真统计，颇为不易。

“五四新文学”兴起，报纸副刊一时间成为重要作家与重要作品率先亮相的舞台，从鲁迅的小说《阿Q正传》、郭沫若的诗歌《女神》，到巴金的小说《家》等均是在北京、上海的报纸副刊上发表，从而产生广泛影响的。随着各类出版社雨后春笋般出现，杂志、书籍与报纸副刊渐次形成三足鼎立的局面，但是，不同区域或大小城市，都有不同类型的报纸副刊，因而形成不同层面的读者群，在与读者建立直接和广泛的联系方面，多年来报纸副刊一直占据优势。近些年，随着电视、网络等新兴媒体的崛起，报纸副刊的优势以及影响力开始减弱，长期以来副刊作为阵地培养作家的方式，也随之隐退，风光不再。

尽管如此，就报纸而言，副刊依旧具有稳定性，所刊文章更注重深度而非时效性。在新闻爆炸性滚动播出的当下，报纸的所谓新闻效应早已滞后，无法与昔日同日而语。在我看来，唯有副刊之类的版面，侧重于独家深度文章，侧重于作者不同角度的发现，才能与其他媒体相抗衡。或者说，只有副刊版面发表的不太注重新闻时效的文章，才足以让读者静下心，选择合适时间品茗细读，与之达到心领神会的交融。这或许才是一份报纸在新闻之外能够带给读者的最佳阅读体验。

1982 年自复旦大学毕业，我进入报社，先是编辑《北京晚报》副刊《五色土》，后是编辑《人民日报》副刊《大地》，长达三十四年的光阴，几乎都是在编辑副刊。除了编辑副刊，我还在《中国青年报》《新民晚报》《南方周末》等的副刊上，开设了多年个人专栏。副刊与我，可谓不离不弃。编辑副刊三十余年，有幸与不少前辈文人交往，而他们中间的不少人，都曾编辑过副刊，如夏衍、沈从文、萧乾、刘北汜、吴祖光、郁风、柯灵、黄裳、袁鹰、姜德明等。在不同时期的这些前辈编辑那里，我感受着百年之间中国报纸副刊的斑斓景象与编辑情怀。

行将退休，编辑一套“副刊文丛”的想法愈加强烈。尽管面临新媒体的挑战，不少报纸副刊如今仍以其稳定性、原创性、丰富性等特点，坚守着文化品位和文化传承。一大批副刊编辑，不急不躁，沉着坚韧，以各自的才华和眼光，既编辑好不同精品专栏，又笔耕不辍，佳作迭出。鉴于此，我觉得有必要将中国各地报纸副刊的作品，以不同编辑方式予以整合，集中呈现，使纸媒副刊作品，在与新媒体的博弈中，以出版物的形式，留存历史，留存文化，便于日后人们借这套丛书领略中文报纸副刊（包括海外）曾经拥有过的丰富景象。

“副刊文丛”设想以两种类型出版，每年大约出版二十种。

第一类：精品栏目荟萃。约请各地中文报纸副刊，挑选精品专栏若干编选，涵盖文化、人物、历史、美术、收藏等领域。

第二类：个人作品精选。副刊编辑、在副刊开设个人专栏的作者，人才济济，各有专长，可从中挑选若干，编辑个人作品集。

初步计划先从20世纪80年代开始编选，然后，再往前延伸，直到“五四新文学”时期。如能坚持多年，相信能大致呈现中国报纸副刊的重要成果。

将这一想法与大象出版社社长王刘纯兄沟通，得到王兄的大力支持。如此大规模的一套“副刊文丛”，只有得到大象出版社各位同人的鼎力相助，构想才有一个落地的坚实平台。与大象出版社合作二十年，友情笃深，感谢历届社长和编辑们对我的支持，一直感觉自己仿佛早已是他们中间的一员。

在开始编选“副刊文丛”过程中，得到不少前辈与友人的支持。感谢王刘纯兄应允与我一起担任丛书主编，感谢袁鹰、姜德明两位副刊前辈同意出任“副刊文丛”的顾问，感谢姜德明先生为我编选的《副刊面面观》一书写序……

特别感谢所有来自海内外参与这套丛书的作者与朋友，没有你们的大力支持，构想不可能落地。

期待“副刊文丛”能够得到副刊编辑和读者的认可。期待更多朋友参与其中。期待“副刊文丛”能够坚持下去，真正成为一套文化积累的丛书，延续中文报纸副刊的历史脉络。

我们一起共同努力吧！

2016年7月10日，写于北京酷热中

目　录

朱生豪后人：
父亲践行壮言，做一个坚毅英雄

朱梁峰

【名片】

朱生豪（1912.2.2—1944.12.26）

嘉兴人，莎士比亚戏剧翻译家，诗人。

与夫人宋清如生有一子：朱尚刚。

2012年2月2日，暖阳不时钻出薄薄的云层。嘉兴市禾兴南路73号朱生豪故居的院子外，来往的人们步履匆匆，门口的白玉兰随风摇曳，一颗蒲公英的种子飘荡着渐行渐远。

朱生豪与宋清如结婚照

每天下午，身为朱生豪故居管理所的名誉所长，朱尚刚都会来到这幢五开间的两层小楼。100年前的今天，他的父亲——朱生豪，就在这样一个寒冷的冬日出世；68年前，他也在这里出生，并在此度过了艰辛、懵懂的婴童时光；40年前，朱尚刚的儿子出生时，特意取名为“之江”，以纪念父母的爱情起点，作为家族爱的传承；5年前，朱生豪的曾孙朱汉威在美国呱呱坠地。

朱生豪夫人宋清如在世时，曾告诉儿子，他的父亲是“杭嘉湖的儿子”，一生中“北没有过长江，南没有过钱塘江”，吸收的是长江三角洲的营养。与朱生豪沉静少动的个性不同，他后代的脚步显然跨得更大：朱尚刚曾在新疆一待就是9年，后来又踏遍了大半个中国；而孙子朱之江大学本科毕业之后，前往芬兰工作3年，后远赴美国。

在暮鼓晨钟声中，一段由祖辈和后辈们共同历经的风云激荡百年，并逐渐定格为历史。为了纪念朱生豪百年诞辰，嘉兴市政府将在今年下半年，推出两项活动以纪念这位翻译界的巨子：把朱生豪翻译莎士比亚的31部手稿，全部以影印本的形式集结成册，出版发行并在他的故乡嘉兴召开朱生豪纪念会。

译莎剧，呕心沥血

1944年12月26日，朱生豪病逝于嘉兴西南湖畔东米棚下的老宅，其时幼子朱尚刚才出生13个月。因此，父亲的形象在朱尚刚脑海里很长时间都是一片空白。及至四五岁光景，朱尚刚不时会看到母亲对着世界书局版《莎士比亚戏剧全集》出神，每到伤心处，便黯然涕下。

再大一点，宋清如仿佛讲童话一般，将《威尼斯商人》《仲夏夜之梦》等莎士比亚戏剧讲给年幼的儿子听。

从那时起，朱尚刚知道了莎士比亚，也依稀明白父亲选择了一条荆棘密布的道路，做了一件了不起的事情。

一切开始于1935年。朱生豪在写给宋清如的信件中说："你崇拜不崇拜民族英雄？舍弟（朱文振）说我将成为一个民族英雄，如果把Shakespeare（莎士比亚）译成功以后。因为某国人曾经说中国是无文化的国家，连老莎的译本都没有。我这两天大起劲……"

> 作为一个手无缚鸡之力的文弱书生，发现自己的工作可以和为民族争光、抵抗日本帝国主义文化侵略联系起来，无异于黑暗中的船只看到了灯塔。虽然明知这是一项非常艰苦的工作，自己又资历尚

浅，弄得不好，将会吃力不讨好。但在这一点上，父亲充分显示了他外柔内刚的性格，义无反顾地走了下去。

朱家世居嘉兴城南，曾经从商，颇具规模，但到朱生豪祖父一代，家道已然中落，开办布店、油漆店和小型袜厂都连续亏空。不过朱生豪打小就聪慧，家人也不令其从商，支持他求学。1943 年，朱生豪再次回到嘉兴时，家中一幅破败景象。他每月翻译莎士比亚戏剧的稿费，还不够买一石米。家中没钱买牙膏，只有用盐代替。有时宋清如夜半醒来，会听到朱生豪在低声抽泣。次年 6 月 1 日，朱生豪被诊断患有结核性胸膜炎，贫病交加。而像青霉素、链霉素这样对结核病比较有效的药极为昂贵，差不多需要 40 万元（相当于当时一石米的价格）一支，还不一定能买到。病中，朱生豪仍不忘译莎剧之事，躺在床上，有时口中念念有词，背着莎剧的原文。

就是在这样困顿的情况下，朱生豪翻译了 31 部莎士比亚戏剧。但他至死都没有看到戏剧的出版。直至

1947年年中，世界书局的《莎士比亚戏剧全集》一至三辑才出版。所得版税按当时物价，可以购买20石大米。

父亲的一生，践行着自己的壮言：肩上人生的担负，做一个坚毅的英雄。

1954年，朱生豪翻译的《莎士比亚戏剧集》由作家出版社出版发行。出版社寄来了一大笔稿费，宋清如觉得钱太烫手，曾经两次退还稿费，但出版社坚持支付。

最后母亲还是接受了。她捐了5000元给嘉兴有线广播网，捐了1000元给秀州中学，另外买了12000元经济建设公债。《人民日报》为此登了一篇报道——《宋清如买公债的故事》。有位志愿军还把他的三级国旗勋章寄给我母亲，我对整个事情印象很深。

“之江”，爱的传承

朱尚刚的青少年时代，在杭州度过。他大学毕业之后最美好的9年时光，奉献在了沙砾遍地、寒冷干燥的新疆和田戈壁滩上。

即使在最艰苦的岁月，他依然保持着对知识的渴望和对文学的喜好。此时父亲的形象，已经在朱尚刚心中逐渐丰满。他曾看过一些简单的莎士比亚英文读物，尝试着去了解父亲为之燃尽生命的莎翁戏剧，尝试着在一个不很合时宜的环境下，尽最大努力去了解父亲和母亲所做的一切。

1962 年，朱尚刚进入浙江大学电机系热能专业。大学时，学工科的他爱看一些英语简易读物，包括莎士比亚作品的简写本，还读过英国兰姆兄妹改写的《莎氏乐府本事》。这本书在朱生豪读中学时就是教材，巧合的是，朱尚刚读中学时在杭州的旧书店买到了这本书，上大学后还试着翻译过两篇。

1972 年 5 月 1 日，朱之江出世。这一天，正好是朱生豪与宋清如结婚 30 周年纪念日。因此，孩子的外公给他取名“之江”，就是为了纪念家族“爱”的传承。

宋清如没有放下丈夫未竟的事业，带着朱尚刚一起，用她晚年的时光，来完成朱生豪来不及做完的事情。

嘉兴文史研究者范笑我清楚记得，20世纪80年代，嘉兴市总工会曾经举行过一次全市职工知识竞赛，数千人中只有两人知道朱生豪是谁。如今，朱生豪已成了嘉兴的城市文化符号之一。他认为，朱生豪拥有今天这样的影响力，宋清如功不可没。

> 1978年，我调回嘉兴，在嘉兴毛纺厂供销科干了一年，之后到厂里的电大和职工大学当老师，教英语和理论力学。后来我又想起了我的文科梦，于1982年报考了嘉兴广播电视大的文科班进修中文。后来，我开始鼓励母亲写。我通常利用出差的机会，帮助母亲寻访父母亲的一些同事、同学、熟人。

1983年暑期，朱尚刚与母亲宋清如一起到上海图书馆找中华人民共和国成立前朱生豪发表在《中美日报》上的《小言》。那时候宋清如的身体已经很虚弱了，但还是坚持要去。图书馆不让全部看，只给了一个月的报纸。于是朱尚刚就找了个录音机，照着报纸上念，然后录下来，回来再整理。烈日酷暑，又没有电扇空调，两人每天都像在蒸笼里面一样大汗淋漓。

原译本，有望再版

1990年，朱之江高中毕业后被保送北京外国语大学英语系，圆了朱尚刚当年的梦。

之江有着属于自己的人生道路。父亲没有留过洋，我大学没有考入文科，之江也算圆了我们的梦想。

从小，我们并没有刻意培养他的英语，但是冥冥中似有天意，孩子很自然地延伸着一条熟悉的轨迹：1984年小学毕业之后，考入了杭州外国语学校，毕业后被保送北京外国语大学，在专业选择时，也是按照他的喜好，填报了英语专业。

朱之江并没有走上祖父朱生豪的翻译家、诗人道路。他毕业之后，在外经贸部工作了一段时间，又被派到驻芬兰大使馆做了3年外交官。之后前往美国攻读MBA，毕业后进入美国AT&T电信公司做财务，接着娶妻生子。

2006年和2011年，朱之江曾两次回国探亲，前往朱生豪故居和泰石公墓祭奠爷爷奶奶。朱生豪的31部译著手稿和夫妻两人的300余封书信早已捐献给嘉兴市政府，剩下还有近100件遗物，朱尚刚表示也会捐献出去，儿子之江只带走了4件手迹作为对祖辈的纪念。1992年，朱之江作为朱生豪的后人，应邀参加中国莎士比亚协会在上海举办的一个会议。

在梅湾街那幢五开间古色古香的小楼里，朱尚刚时常会想念起远在大洋彼岸的儿孙。2009年夏，他和夫人专程去美国看望。

2009年夏，朱尚刚夫妻和儿子之江、孙子汉威

自从母亲宋清如过世后，朱尚刚一人承担起了整理父亲遗作的责任，力求通过自己的努力，为祖国尽可能完整地保留下这一笔珍贵的文化遗产。目前，他正在校阅中国青年出版社为纪念朱生豪诞辰一百周年出版的系列丛书之一——《朱生豪情书（书信）集》，书中共收录308封书信，增加了一些之前未出版的内容。预计最快今年2月份出版。

中国青年出版社还打算出版我父亲的原译本，因为现在的《莎士比亚全集》都是经过校订的，但一些读者还是希望能读到原汁原味的朱译莎剧。

出版的这些书在故居都会有所保存，而故居的存在，也是对我父亲很好的告慰。

【对话】

“没有母亲前期的努力，现今的一切很难想象”

记者：朱生豪先生去世时，你只有13个月，对于父亲的形象，以及他所做的工作，并没有具体的概念。你心中，父亲的最初印象来自哪里？

朱尚刚：现有最早的记事是在五六岁，那时母亲在秀州中学任教，我渐渐领悟到这个“莎士比亚”和我家有着某种特别的关系了。读书之后，懂的事情多了起来。母亲一有空，就让她讲莎士比亚的故事，《威尼斯商人》《第十二夜》等一个个带有异国情调的故事就那样进入了我少年时期的记忆。父亲在我心目中的形象也就随之变得具体起来。

记者：你母亲的后半生一直在为你父亲的事业操劳，有人说朱生豪先生拥有如今的影响力，你母亲功不可没。

朱尚刚：父亲去世之后，母亲最早是为世界书局的《莎士比亚戏剧全集》的出版而奔波，中华人民共和国成立初，又带着我专程去上海找出版单位洽谈，后来又写信给人民文学出版社。当母亲接到冯雪峰社长表示愿意出版父亲译作的回信时，那个兴奋和激动，我印象十分深刻。“文革”之后，又是她不顾年事已高，重新开始整理父亲的书信、手稿，搜集有关父亲的所有资料。可以说，如果没有我母亲前期所做的这些努力，现今的一切都很难想象。

记者：朱生豪故居是在你的住宅原址重建的，你现在也是朱生豪故居管理所的名誉所长，每天都会来这里坐坐，这儿对你有着一种特殊的感情吧？

朱尚刚：我父亲在这里出生，在这里翻译莎士比亚戏剧，又在这里过世；我母亲的后半辈子也居住在这里。我曾经对这里的一草一木都很熟悉。故居的修复也经历了不少的周折，现在重新修复后能向公众开放，从一个侧面展现嘉兴的历史文化风采，确实是很令人欣慰的。

记者：为了搜集有关朱生豪的文章和材料，你和你母亲各处奔波了几十年，最近有没有发现新的东西？未来还有什么新的打算？

朱尚刚：手头上一些事情忙完之后，我打算正式“退休”了。很多资料都已经出版，能挖掘的东西也越来越少了。

记者：你觉得你父亲留给后人的价值主要体现在哪些方面？

朱尚刚：中国的文化事业进入了新时代，我国文化和世界文化的交流有了进一步的发展，父亲以毕生心血换取的翻译成果，在这一交流中的先驱作用也得到了进一步的肯定。同时，父亲对翻译工作精益求精的态度，他的爱国情怀，以及他在贫病交加时锲而不舍、握管不辍，甚至“早知一病不起，拼着命也要把它译完”的殉道者精神，都让我们后人铭记。

（2012 年 2 月 3 日　本文供图　朱尚刚）

（注：本书所有文章均首发于《嘉兴日报·江南周末》。除署名外，本书内文图片摄影、翻拍为袁培德，封面图片摄影为黄才祥。）

蒋百里后人：百里之后，百年传奇

陈　苏　沈秀红　朱梁峰

【名片】

蒋百里（1882.9.2—1938.11.4）

海宁人，兵学泰斗，军事教育家。

和日籍夫人左梅生有五个女儿：蒋昭、蒋雍、蒋英、蒋华、蒋和。

她的一生中，有两个重要男人，声名赫赫：父亲蒋百里，军事理论家，兵学泰斗；丈夫钱学森，“中国航天之父”。她被誉为我国欧洲古典歌曲艺术权威，

蒋百里全家福。中为蒋百里，右一为小女蒋和，右二为夫人左梅，右三为长女蒋昭，左一为四女蒋华，左二为三女蒋英，左三为次女蒋雍（吴德健供图）

是杰出的声乐教育家。

2012年2月5日上午11时，蒋英因病逝世于北京。她的去世引发了人们对蒋百里及其后人的关注。

蒋百里与妻子左梅育有五个女儿，蒋英是蒋家三女。

蒋英一生传奇，她的姐妹人生轨迹如何？她们及其后代眼中的蒋百里，又是怎样一个人？

2月8日，蒋和女儿周瑾在北京家中，深情回忆蒋家五姐妹。她和在嘉兴工作的弟弟周崇峻，讲述了蒋氏长达一个多世纪的家族传奇。

他是一个中国文艺复兴式的人

“他什么都懂。他懂文，他懂武；他懂西洋的东西，也懂中国的（东西）；中国的古书他懂，拉丁文他也懂，日文他很好，德文他也很好；他爱文学，他会写诗；他也会打枪，他会骑马，他骑马骑得像个军人一样。我觉得他是一个中国文艺复兴式的人。”

蒋英生前接受凤凰卫视采访时如此评价她的父亲蒋百里。

1912年12月17日，蒋百里任保定军校校长。“这正合他的心愿，他一心要报国，一心要建设国防，建设新的军队。”蒋英生前在凤凰卫视《中国记忆》节目中回忆，蒋百里一进学校，就抓改革，把西方军队的做法引进军校。“但是事情不是那么顺利，他也有他的苦恼，第一，旧军人跟新军人相斗……第二，上边的经费一直不下来……教育部是由段祺瑞管，他去找段祺瑞，段祺瑞答应给他，但是实际上一直没有落实。”接任校长后的半年，蒋百里召集全校师生，齐集于广场，在数千师生面前，举枪自杀，“求治不得，以求己死”的义举一时震惊全国。

“由张学良送父去上海，这是第一架从西安来的飞机，当时上海很轰动，我父亲不便多说，只说不会打内战了。”五女蒋和在蒋百里110周年诞辰时撰文回忆，1936年，蒋百里赴欧美考察军事，归国后，到西安向蒋介石汇报考察情况，却意外撞上西安事变。张学良曾请蒋百里担任说客，说服蒋介石，也曾问计于蒋百里，派何人去南京接洽谈判。

蒋百里曾多次考察欧洲。1918年到1919年，他受邀考察巴黎和会，游历欧洲，回国后不久，著《欧洲文艺复兴史》，这是我国人士所撰有关文艺复兴的第一本著作。请梁启超作序，梁启超竟一发不可收，写了5万字，只好另作短序，将长序改写、充实，以《清代学术概论》为名出版，反过来请蒋百里为此书写序。

蒋百里写得最多的是军事论著，尤其是对日军事论著。他是把近代西方先进军事理论系统地介绍到中国的第一人，1937年年初出版的《国防论》，是蒋百里最著名、最重要的军事论著。

蒋英回忆："写《国防论》，他不是一本书一本书地写，他走到哪儿，《大公报》的记者都跟着他，有什么他就写，新闻记者就拿了走，也不留稿，都是这些零碎的东西，事后收集起来，形成一本书。"《国防论》提出抗日持久战的军事理论，认为抗日必须以国民为本，打持久战。

他曾断言：中国对日本，打不了，亦要打，打败了，就退，退了还是打，5年、8年、10年总坚持打下去，不论打到什么田地，穷尽输光不要紧，千千万万就是不要向日寇妥协，最后胜利定是我们的。

然而他却没看到自己断言的未来。1938年11月，蒋百里在广西宜山因病而逝。章士钊、黄炎培、邵力子为他撰写挽联。几年后，他被国民政府以国哀之礼风光大葬，纵观民国历史，能获此殊荣的，只他一人。

蒋百里的离去，令女儿们伤心欲绝。

父亲引导蒋英走向音乐王国

“我的父亲蒋百里，他是学军事的，他喜欢音乐。他看见我小时候喜欢蹦喜欢跳，喜欢唱歌，他就觉得这个孩子注定将来学音乐。是他引导我走向音乐之道的。有一天我放学回来，家里送来了一架钢琴，当时我才上高小，五年级六年级的时候，父亲给我买了一架钢琴。那时候我就与音乐分不开了。”

2009 年，90 岁的蒋英做客央视《音乐人生》，她说，是父亲将她带进音乐王国。同年，蒋英在凤凰卫视《中国记忆》中也回忆了这段往事。

“他喜欢音乐……我父亲最喜欢贝多芬，贝多芬曲子的主题他都能哼哼出来。他也教我，他看见我小时候喜欢蹦喜欢跳，也喜欢唱歌，就说，小孩将来学音乐吧！叫我学音乐的第二个原因是我们的中学是教会学校，有一个音乐组，有四个老师教钢琴，学校里有很多钢琴，我就报名学钢琴了。”

1936年，蒋百里赴欧洲考察，16岁的蒋英和12岁的蒋和随行。在欧洲，蒋百里为蒋英找了位专家，专家觉得蒋英嗓子很好，建议她学唱歌。之后，蒋英就学了声乐。

蒋英在德国待了10年。她没想到，欧洲一别，竟是和父亲的永诀。1938年，蒋百里病逝的消息传来，如同晴天霹雳。

1939年，二战爆发，即便在战火中，蒋英依然没有放弃音乐。后来，她去瑞士师从著名歌剧专家艾米·克鲁格学习古典歌剧艺术表演。

1943年，瑞士“鲁辰”万国音乐年会，蒋英参加匈牙利高音名师依隆娜·德瑞高所主办的各国女高音比赛，夺得第一名，在整个亚洲音乐史上创造了纪录。

1947年5月，蒋英在上海举办首个个人演唱会。还是学生的金庸前往上海听表姐的演唱，1957 年，他在香港《大公报》专栏《三剑楼随笔》文章中写道：“表姐蒋英……唱了很多歌，记得有《卡门》《曼依·郎摄戈》等歌剧中的曲子。不是捧自己亲戚的场，我觉得她的歌声实在精彩之极。一发音声震屋瓦，完全是在歌剧院中唱大歌剧的派头，这在我国女高音中确是极为少有的。”

蒋英与钱学森，相携一生，科学与艺术燕双飞的爱情，更是传奇。

“她在艺术，我在科技。但我在这里特别要向同志们说明：蒋英对我的工作有很大的帮助和启示，这实际上是文艺对科学思维的启示和开拓！在我对一件工作遇到困难而百思不得其解的时候，往往是蒋英的歌声使我豁然开朗，得到启示。这就是艺术对科技的促进作用。”1999 年 7 月，钱学森在中央音乐学院“纪念蒋英教授执教 40 周年教学研讨会”的书面发言中如此评价妻子蒋英。

1955 年，蒋英与钱学森从美国归国。

开始她在中央歌剧院当演员。因长期在国外，她说中文带外国腔，开口唱中文歌被人笑话。她找京韵大鼓老师和说书的老师学习，还学唱京剧和昆曲。一年后，终于可以上台。

意外的是，中央歌剧院领导提出让她去中央音乐学院当老师。“我刚刚得到我自己的艺术自由，怎么又派我到学校？我不去。”后来听说这是周总理的意思，她就接受了。在中央音乐学院，她一教40年。“这是我再一次的决心。现在看来，这个选择是对的。”

蒋英不倚仗丈夫的威望，不喜欢别人称她“钱学森夫人”，她一直说，“我自己就是艺术家、声乐教授。”

“文革”后，蒋英在欧洲苦苦追寻的音乐之路，终于有了用武之地。她桃李满天下，学生们在国际上取得骄人成绩。1999年，“庆贺蒋英教授教育生涯45周年”音乐会在保利剧院举行，蜚声国际乐坛的歌唱家祝爱兰、傅海静、杨光、多吉次仁齐聚北京，他们的老师是蒋英。

四个女儿，各有各的人生精彩

“她们都喜欢听欧洲古典乐，至少懂两种外语，喜欢看外文原文书，她们受西方文明的灌输，包括礼仪、文化、历史，包括文明的思想，包括独立思考的能力。她们都非常独立，个性极强。这些明显是受外公的影响。”

周瑾接受本报记者采访时如此描述外祖父蒋百里对几个女儿的影响。

蒋百里的爱情充满传奇。

他在保定军校自杀而未死，由此结识日籍妻子左藤屋登（后改名左梅）。

一个研究对日战略著名的中国将领，却娶了日本妻子，这本身就充满戏剧性。

几个女儿的人生，深受父亲影响。

“他对家人影响非常大，我至今仍然不知外公为什么有那么强大的气场，在家里如神一样，有至高无上的威信。”周瑾印象中，母亲和她的几个姐姐对父亲蒋百里崇拜得五体投地，在她们心中，无人能超越她们的父亲。

“外公博学多才，给她们讲了很多知识，灌输了很多思想：女孩子要读书，要学外语，要开放。”周瑾听母亲蒋和说过，1936 年，蒋英与蒋和随蒋百里坐船经苏伊士运河去欧洲，一路上外公给她们讲历史，走到哪儿，讲到哪儿。“外公从来不要求女儿做什么，但她们都很有主意。你看我三姨那么小，一个人在欧洲居然能熬过二战。”

蒋百里五个女儿，除长女蒋昭16岁因肺病夭折外，四个女儿各有各的人生传奇。

二女蒋雍，曾是美国国会图书馆馆员，丈夫是工程师。“中美建交后，二姨回国探亲，说起台儿庄战役（1938年）时，她以护士的身份，跟外公坐吉普车在战场上驰骋。说的时候，骄傲无比，神气无比。”

蒋雍女儿黄里爱是台湾文化大学英语系教授，有三个孩子；黄里爱的弟弟迈克在美国做小儿科医生，有两个儿子。

三女蒋英与钱学森，生有一子一女。儿子钱永刚从事计算机应用软件系统的研制，是高级工程师，生有一子钱磊，学通信工程。女儿钱永真毕业于上海第二军医大学，旅美前是小儿科医生，现在美国做研究。

几年前，钱永刚接受本报记者采访时，说起外公蒋百里，“外公对女儿的影响是身教，这从母亲对我的教育可以看出来。小时候，母亲希望我好好读书，不直接说功课做好没有，会拿外公的事激励我。”

四女蒋华在台北各界人士纪念蒋百里诞辰100周年座谈会上，谈起父亲对自己的影响：

“父亲对我们的教育，是采取中西合璧的方式。放假时，他让我们游泳、骑马；他注重我们的功课，却不看重我们的分数。”“父亲常常告诉我们，到了外国一定要学外国人的长处，对自己的文化，也一定要保持优良的长处。他说外国人的长处是科学文明、守法、守规矩，我们不要太重外国的物质文明；中国人的长处是忠孝、仁爱、信义、和平的传统文化。”他曾经说过，“中、西的长处予以合并，我们的国家就强了”。“他规定我们姐妹，每人都得学习一种外国语，这样才能吸收他国的文化，我们的知识领域也才能扩大。”

父亲去世后，蒋华在父亲朋友的帮助下，只身赴美留学。1946年，获哈佛大学营养学硕士学位，回国后任震旦大学教授和生物系主任。在回国的船上，认识了丈夫魏儒仆。魏儒仆是名工程师，曾任驻比利时大使，其父亲是同盟会创建者之一。1951 年，蒋华随先生移居比利时。

在比利时，她推广中国饮食文化，在布鲁塞尔开了当地第一家正规中国餐馆，经营 40 多年，是当地规模最大、名声最响的中餐馆。蒋华是把中国传统食品豆腐引进比利时的第一人，她专门从海宁找了一名祖传三代做豆腐的大师傅到比利时传授技艺。

也正是在比利时，蒋华收到三姐蒋英从美国寄来的求援信，并将信寄给钱学森父亲钱均甫，钱均甫把信转给陈叔通，这封信最后到了周恩来手里。钱学森和蒋英才得以于 1955 年顺利回国。

深受父亲影响，蒋华喜爱中国文化，注重文化延续。1965 年，她开办比利时第一所中文学校——中山学校。

目睹父亲为国忧心忡忡，蒋华深受影响，她曾是比利时自由党亚裔分部总召集人，为华人进入比利时主流社会牵线搭桥。她发起比利时中国和平统一促进会。她还是坚定的反“台独”人士。

“四姨大儿子是比利时高级外交官，精通七国语言，曾任比利时驻朝、韩大使，他有三个孩子。四姨在 2005 年叶落归根，回国定居。”周瑾在 20 世纪 80 年代初陪四姨去杭州给外公扫墓，还回了海宁，当时蒋家祖宅还在。

2007 年春节，蒋百里四女蒋华和后辈在一起。前排中为蒋华，左一、左二为蒋百里外孙女周瑾的双胞胎女儿团团、圆圆，右一为蒋百里外孙周崇峻的夫人舒磊；后排中为钱学森、蒋英之子钱永刚的夫人傅亚莉，左二、左一分别为钱永刚之子钱磊和妻子，右二为周瑾，右一为周崇峻（周瑾供图）

五女蒋和，1923 年生，曾就读西南联大，后转到南京中央大学，学英语。中华人民共和国成立后在冶金部当翻译，做过老师。“文革”中受到冲击，留下病根，“文革”后从北方工业大学退休。

如今，89 岁的蒋和和丈夫住在北京，子孙环绕，安度晚年。

蒋家五姐妹，只剩最小的妹妹蒋和了。

“‘文革’后，母亲受邀去德国访友，在那工作了一段时间。我们和德国渊源深厚，这是家族历史，也是外公创造的。”周瑾说。1936 年蒋百里再次出使德国，蒋英与蒋和跟着去了德国，蒋百里安排她们入德国贵族女校。

蒋和三子一女。三个儿子学工，女儿周瑾学文，“受‘文革’影响，我们几个都没上过大学，都是电大或者自学文凭。”

长子周崇森，北京一家工厂的电子工程师。女儿周瑾，退休前是北京体育大学外事处翻译。她的双胞胎女儿，学的是经济，如今一个在北京，一个在香港。

周瑾退休后跟国家体育总局田径管理中心签约，做德国教练翻译。

1980年蒋和去德国，先后将两个小儿子带到德国。1986年她回国，儿子留在德国。老三周崇杰学机械制造，在德国开中介服务公司，后受德国公司委托，在无锡一家汽车公司协助中德双方沟通。他的两个孩子在德国读中学。

四子周崇峻，是嘉兴敏实集团电动汽车事业部的制造总监。

1981年，周崇峻进入德国大众集团总部。恰逢中德即将合作，公司有意培养他，预备派驻中国上海大众。在那两三年间，大众集团公司所有的工厂、所有的工序，他都一一熟悉，并有专人讲解。因为表现出色，公司将他留在总部。他在德国大众做了20多年，在质量管理部做数据分析和远景规划，相当于参谋部总监，负责给董事会出谋划策。

在周崇峻看来，各国人各有优缺点，但他受不了中国人粗制滥造、马马虎虎的态度。无独有偶，四姨蒋华曾说，父亲蒋百里说要丢弃中国人“马马虎虎、没有组织、没有效率、不团结的短处”。冥冥之中，祖孙两代血脉相通。

说起外公蒋百里，周崇峻说他出生后，母亲和几个姨妈很少对外、对小辈提起她们的父亲，“在她们眼中，外公就像神一样，跟你小孩子说是对牛弹琴”。但他觉得自己多少遗传了外公的基因。周崇峻自豪地透露，别人都以为自己是只懂汽车的老头，实际上自己也写写文章,正在写一部自传体长篇小说,已经写了30万字。不少亲友、出版社看过，都说是好东西。他还准备将在嘉兴的经历也写进小说。

【对话】

“他是一种英雄主义的爱国”

记者：在您的印象里，外公蒋百里是个怎样的人？

周瑾：我没见过外公。但我从懂事起，不停听长辈讲起外公，在我的印象里，外公是最最了不起的人物。

实际上他并不魁梧高大，他是个文人，通过许多人的叙述，我印象里的外公气场极为强大。我至今仍然不知这是为什么。

我外公短暂的一生，留给我母亲她们的印象是爸爸是个英雄。我觉得他是一种英雄主义的爱国，很壮烈。他虽是文弱书生，写的文章却非常有气魄，战也好，败也好，就是不跟它（注：指日本）讲和。这非常英雄主义，是交响诗一样的爱国主义。我们这一代，尤其是我本人印象非常深。

记者：外公对你们有什么影响？

周瑾：我外公，对家人影响非常大。尤其是我母亲那一代，更加直接。我们这些小辈没见过外公，他的影响是精神上的潜移默化。这是一脉相承的，外公对西方文明的理解和传播，通过上一代影响我们。

记者：您三姨在接受采访时说过，您外公是一个文艺复兴式的人物，写过《蒋百里评传》的曹聚仁也说过这样的话。您怎么看？

周瑾：这话应该是曹先生说的，我三姨认可他的说法。当时我听了都吓一跳。全世界文艺复兴式的人物就那几个。但看看中国，帝制结束后，涌现出的这样一批在旧学中成长、吸收了大量西学，承前启后、启蒙式的人物，当然不止我外公一个人，我外公是其中之一，是佼佼者。他英年早逝，如果更长寿些，我相信他会为近代中国做出更多贡献。

记者：你们这一代和下一代，有没有人对您外公这一套东西，系统了解研究？

周瑾：我希望我们这一代能做点事，影响到下一代。下一代还太年轻，我们这一代最好能多留点资料。

海宁现在准备建梅园，物质上有个存在，有个归宿之地。梅园建成后，我会带我女儿去，我也会写点东西，告诉她们太外公太外婆是怎样的人。

（2012 年 2 月 10 日、17 日）

丰子恺后人：绝代“丰”华

朱梁峰

【名片】

丰子恺（1898.11.9—1975.9.15）

出生于桐乡石门。漫画家、音乐教育家、文学家、翻译家。

与夫人徐力民生有七个孩子，领养一个：丰陈宝（长女）、丰宛音、丰宁馨（领养）、丰三宝（两岁时早夭）、丰华瞻（长子）、丰元草、丰一吟（幼女）、丰新枚（幼子）。

1958年丰子恺全家福，前排右为丰一吟、左为宋雪君，第二排右一为杨子耘、右二为杨朝婴、左一为宋樱时、左二为宋菲君

上海斜土路上一幢普通的民宅，连绵的春雨，使得楼下的水泥地面上有不少积水。一位头发几近全白的老人，撑着伞匆匆穿过雨帘，留下矍铄的背影。

邻居们或许不知道，这位笑容和蔼的老太太，就是丰子恺的女儿，丰一吟。

丰子恺育有八名子女，按长幼次序分别为：丰陈宝、丰宛音、丰宁馨、丰三宝（两岁时早夭）、丰华瞻、丰元草、丰一吟、丰新枚。丰宁馨虽非亲生，但丰子恺视同己出。

七个子女，没人承继父业学习绘画。但他们及第三代、第四代，各有专长，不乏才俊。

长子丰华瞻是《汉英大辞典》的主编，也是中国翻译《格林童话》第一人。

长女丰陈宝中外文俱佳，在丰子恺研究方面著作甚多，与妹妹丰一吟等合著合编了《丰子恺传》《丰子恺文集》《丰子恺漫画全集》等书。

孙子丰羽为香港证券公司高管，正是他资助盘下了上海“日月楼”的二楼、三楼，成立了丰子恺旧居纪念馆。

曾外孙女倪一珍是丰氏第四代中唯一从事音乐且取得突出成就的人。

84 岁的丰一吟是丰子恺子女中唯一健在的。她的记忆力已不如从前，但说起与父亲丰子恺的点点滴滴，至今历历在目。

如今，丰氏家族已成为一个庞大的家族，成员分散在世界各地。只有丰一吟，会在每年的春节和清明，或孤身一人，或携家带口，来到距离上海100公里的桐乡石门湾，听着大运河的水声，怀念那“一片片落英，都含蓄着人间情味”的日子。

“他最大的希望就是子女们快乐”

在丰一吟幼时的记忆中，家里似乎是分成两派的：“爸爸经常带我姐姐大哥到杭州去；我和二哥留在家里与妈妈一起生活。所以我小时候接触父亲的时间较少。”

但丰子恺对孩子们的爱都一样。每次出远门回家，孩子们都会一拥而上，叫着：“好东西，好东西……”而他从不会让孩子们失望，有时会从口袋里掏出很稀罕的巧克力，平均地分给大家。

一直到1937年，日军轰炸石门，丰子恺带着一家老小逃难，两派才合并成一派。

丰一吟记得很清楚，日军轰炸石门那天，她正在小学上课。听到有飞机和炸弹爆炸的声音，同学们纷纷往家跑。当丰一吟跑到缘缘堂后门时，一枚炸弹就落在她前面不远处，爆炸的气浪掀得她站立不稳，她赶紧绕到前门，发现屋内空无一人，后来发现爸爸在八仙桌下向她招手，一家人都躲在下面。

从此，丰子恺一家开始了长达 9 年的避难生涯。一行人辗转于桐庐、衢州、上饶、南昌、萍乡、湘潭、长沙、桂林、宜山、遵义、重庆等地，于抗战胜利后的 1946 年回到杭州。

1997 年，在记录丰子恺逃难之路的电视纪录片拍摄时，丰一吟和大姐丰陈宝一起故地重游，沿着当年的路线又走了一遍。一路上，丰一吟发现很多曾经避难的老宅已被拆毁，只在萍乡一避难处还剩下四面墙立在那里。

丰子恺喜欢听京剧，但并不入迷，女儿丰陈宝和丰一吟却是京剧迷。

1948 年清明过后，丰子恺带着两个女儿，专程到上海拜访梅兰芳。此次相见，丰子恺与梅兰芳兴致勃勃地谈京剧、谈漫画、谈电影，气氛非常融洽。

后来，忆起这些，丰一吟感叹：“我生在庐山中，不识真面目。直到后来，我才明白他那种对童真的珍视和守护，一言一行都饱含对子女真善美的教育。他认为童年是人生的黄金时代，他从不要求孩子做什么，而是任由我们根据兴趣自由发展，从来不强求我们做什么。他最大的希望就是子女们快乐。所以我们兄弟姐妹七人没有一个人学习绘画子承父业。”

“爸爸平生最崇敬的人就是李叔同先生”

“爸爸一直牢记李叔同先生对他说的一句话：‘士先器识而后文艺。’意思是说，读书人首重人格修养，其次才是文艺。爸爸平生最崇敬的人就是李叔同先生，经常跟我们讲这位老师的事，也教导我们必须牢记这句话。如今我年事已高，有时有人问我一些有关学问的事，甚至要拜我为师，我没什么优秀的特长供人学习，但总送人一句话：‘先要学会做个好人。’”丰一吟说，

1957 年丰一吟穿京剧戏服与父亲合影

“爸爸留给子女的最好遗产，就是教会了我们为人处世的根本态度。”

1954年，丰子恺和家人搬到上海长乐邨39弄93号的小楼里，他为之取名为“日月楼”，一直住到1975年去世。

“在日月楼，爸爸几乎每天在家，上午翻译、写文章，下午画画。我后来学的是俄文，从20世纪60年代开始，在上海人民出版社编译所、上海社科院文学研究所当过翻译。我和父亲在日月楼合作翻译了俄国作家柯罗连科的长篇小说《我的同时代人的故事》，还有《中小学图书教学法》《音乐的基本知识》等很多书，父亲自己还翻译了日本作家夏目漱石、石川啄木的作品，还翻译了日本古典名著《源氏物语》。”

丰一吟是丰子恺翻译的《源氏物语》的第一个读者。丰子恺每每翻译出一章都让她先读，她读不懂的地方就向他请教，他再解释给她听，她也给他的译稿提意见。“我的日语是爸爸教的，中华人民共和国成立后爸爸又自学俄语，我也学俄语，以至于后来从事翻译工作都受到了爸爸的影响。”

“文革”期间，丰子恺害怕自己的漫画给家人带来不幸，每天早上4时多就起床，瞒着家人偷偷画。《护生画集》第6集100幅画就是这样偷着画完的。

及时当勉励，岁月不待人

在丰一吟笑称为手枪柄大小的书桌旁，挂着父亲留给她的唯一一幅字：“盛年不重来，一日难再晨。及时当勉励，岁月不待人。”

丰一吟说，如今她越发感觉到这首诗的悲凉。她打开抽屉和书橱，密密麻麻两万多张卡片和60本剪报集，都是有关父亲的资料。曾经，她与大姐丰陈宝一起，整理丰子恺的所有资料。但自从2010年12月丰陈宝过世之后，丰一吟开始一个人扛起这个沉重的担子。

“1975年父亲去世后，我开始做爸爸的研究、整理工作，并重新拿起画笔临摹父亲的绘画。当年浙江文艺出版社来信，要我和大姐一起编辑《丰子恺文集》，因为在那之前没有《丰子恺文集》，只出过画册。”为了编文集，丰一吟和大姐两个人一起到图书馆没日没夜地找资料，单位批评她，说你是在外国文学研究室，不搞翻译研究也就罢了，但有关丰子恺的论文总要写出来吧？“我觉得很为难，我说现在是拓荒，把爸爸的文集先出版，再去搞研究。”

虽然丰一吟做了大量有关丰子恺资料收集整理的工作，但她仍自称是三脚猫：“我什么也干不精，所做的这些只是个搬砖的铺垫工作。但即使是搬砖终归要一块又一块地搬，只有把砖头的数量积累够了才能造出房子来。后来的专家学者才谈得上在丰子恺先生研究的领域里造出高楼大厦。”

1994 年，丰一吟被聘为上海文史馆馆员。如今，她的记忆力衰退得厉害，她颇感欣慰的是，前几年写下了两本回忆录《潇洒风神——我的父亲丰子恺》与《我和爸爸丰子恺》。她也出了一本自己的文集《天于我相当厚》。

丰一吟的女儿继承了祖辈的语言天赋，主修日语，但无意继承母亲的事业。丰一吟也没有强迫她。自己除了参加一些与丰子恺有关的展览、研讨会、纪念会，其他一些与版权有关的事情渐渐交给了大姐之子杨子耘。

丰氏后人，俊才辈出

丰子恺晚年，曾绘了一幅漫画《卖花人去路还香》，因此还受到了批斗。不过这幅画倒真应验了丰子恺身后的影响，不仅越来越多的人开始关注丰子恺的著作，丰家后人，更是俊才辈出。

丰子恺的七位子女及其后代，各有专长，分别继承了丰子恺在诗歌、音乐、外语等方面的才华。

长子丰华瞻从小就喜欢古体诗词，1948—1951 年在美国伯克莱加州大学研究院攻读英国文学。曾任上海复旦大学外文系教授，专攻比较诗学。主要著作有《中西诗歌比较》《世界神话传说选》，和戚志蓉合著《我的父亲丰子恺》，合编《丰子恺散文选集》《丰子恺论艺术》《丰子恺漫画选》等。

次子丰元草长期从事丰子恺音乐研究。他于1949年11月参军，1951年7月参加中国人民志愿军入朝作战，1953年复员，1955年到北京音乐出版社任音乐编辑，直到退休。育有一子一女。

幼子丰新枚曾留学德国，通数国语言，后来定居香港任海外专利代表。其子丰羽从事金融行业。

长女丰陈宝，中外文水平俱佳，曾任上海译文出版社编审，上海市文史馆馆员。她在丰子恺研究方面著作甚多，与妹妹丰一吟、丰宛音，弟弟丰元草等合著合编有《丰子恺传》《丰子恺文集》《丰子恺漫画全集》等，还翻译过英文版《和声乐》《管弦乐法》，俄文版《艺术论》（托尔斯泰著）。丰陈宝的大外孙女倪一珍，师从法国著名长笛教育家、演奏家P-Y Artaud（阿赫多）教授、瑞士长笛大师Peter-LukasGraf（格拉夫），是中国爱乐乐团的首席长笛演奏家，是目前中国大陆唯一能够进入巴黎国立高等音乐学院深造的长笛演奏家，也是丰子恺第四代中唯一从事音乐且有突出成就的人。

次女丰宛音曾长期在中学任数学老师，她的大儿子宋菲君毕业于北京大学物理系，是中国科学院的研究员、博士生导师，也是丰家后人中的佼佼者。二儿子宋雪君退休前在上海工程技术大学从事信息管理方面的工作，他与杨子耘一起，接过了家族中丰子恺研究、资料整理的部分重担。女儿宋樱时定居日本，从事文学艺术工作。

宋雪君退休后，和家人轮流担任“日月楼”旧居的接待员。他在电话中说，很多参观者都说他与外公比较像。他回忆，小时候每个星期都到外公家过周末，几个孩子上蹿下跳，在二楼阳台看外公作画，在三楼壁橱躲猫猫，弄得一身灰。而现在，他发起成立了丰子恺研究会，已有一百余名会员，其中不乏来自新加坡、日本等国家的海外华人。

丰宁馨曾在杭州大学数学系任副教授，一直居住在杭州，直至去世。

【对话】

以慈悲心待人处世

记者：丰子恺先生的漫画饱含童真，他对子女的教育是不是也有特别之处？

丰一吟：爸爸是很反对当时的学校教育的，所以大姐就是他自己教育的。我们小的时候，他把意大利作家亚米契斯所著的《爱的教育》当作课本给我们读。这本书通篇都贯穿了一个“爱”字。我姐姐哥哥们碰到蚂蚁搬家，不但不去伤害它们，还用小凳子放在蚂蚁搬家的路上请行人绕行。长大后我才知道这叫“护生”。《护生画集》就是这个意思。爸爸在《护生画集》第三集自序中说：“护生者，护心也。去除残忍心，长养慈悲心，然后拿此心来待人处世。这是护生的主要目的。”

而且爸爸什么东西都整理得井井有条，在哪拿了什么，归还时一定要放在原处。至今我也保留着这样的习惯，这些都是爸爸潜移默化地身教给我们的。

记者：丰子恺先生是位多才多艺的艺术家，在平凡的生活中，如何体现出来？

丰一吟：对于他来说，美无处不在。爸爸喜欢带着我们游山玩水，但他有自己的审美观，总是流连于无名之地的美景。他纸笔不离身，看到好的题材就画速写，或酝酿随笔的题材，或记下几句诗词。艺术家，无处不艺术，无时不艺术。有一次，他与阿宝姐、软软姐出游，在一小山村避雨，借来胡琴伴奏，由两个女儿和村民一起唱起了悠扬的《渔光曲》，并写成了著名的随笔《山中避雨》。

记者：丰子恺先生一生最大的爱好是什么？

丰一吟：爸爸一生有很多爱好，伴随他一生的，可能就是喝酒了。他每天吃饭可以没有菜，但不能没有酒。他曾经差一点定居在台湾。当时中华人民共和国尚未成立，开明书店的老板邀请他去台湾旅游，我们只待了两个月。因为台湾没有绍兴酒，这两个月里喝的酒，还是爸爸的学生通过轮船寄过去的。他觉得这样不行，就回到了大陆，最终回到了上海。他还是最喜欢江南水乡。

记者：您收集了那么多有关丰子恺的资料，目前还有哪些没有完成？

丰一吟：现在喜欢丰子恺的人虽多，但真正愿意整理这些遗著，埋头做学问的少。另外爸爸的著作丰富，时间跨度也大，整理起来难度就更大了，有的稿子往往只有我一人知晓来龙去脉和分类方法。即使有人愿意来参加整理，在指导上也是一件极困难的事。我不得不抓紧时间把丰子恺全集整理出来，留给大家，这是对他最好的纪念，也算对后人有所交代。

记者：您的父亲曾给生活下过一个论断，他把人生分为三重境界，物质的生活、精神的生活、灵魂的生活。那您觉得，丰子恺先生生活在哪个境界？

丰一吟：爸爸认为弘一法师是生活在灵魂境界的人。爸爸喜欢吃螃蟹，他曾对我说过："口腹之欲，无可奈何啊！单凭这一点，我就和弘一大师有天壤之别了。所以他能爬上三楼，而我只能待在二楼向三楼望望。"

（2012 年 3 月 9 日）

李叔同后人：佛缘深厚，恬淡处世

陈　苏

【名片】

李叔同（1880.10.23—1942.10.13）

出生于天津，因极爱母亲，以母亲家乡平湖为自己家乡，自称“当湖王布衣”。前半生是浊世公子、艺术家李叔同，后半生为律宗高僧弘一法师。

与原配俞夫人育有三子：长子早夭，次子李准育有一子一女：儿子李曾慈（弘一赐名）、女儿李然平。小儿子李端育有三女：汶娟、莉娟、淑娟。

丰子恺所画尊师弘一大师像

他是“二十文章惊海内”的大师，公认的通才和奇才。

他最早将西方油画、钢琴、话剧等引入国内，集诗、词、书画、篆刻、音乐、戏剧于一身。他是第一个向中国传播西方音乐的先驱者，第一个正式把西洋绘画思想引入国内的人，也是中国第一个开创裸体写生的教师，第一个用五线谱作曲的词曲大家。

从浊世公子、才华横溢的艺术家，成为律宗高僧，从李叔同到弘一法师，李叔同有没有后人？后人如今在哪里？这曾经是许多人心中的疑问。

今年是弘一法师圆寂 70 周年，本报记者专程赶往天津，采访李叔同的孙女李莉娟。

在天津大悲禅寺，我们见到了这位皈依佛门 26 年的居士，她现任天津市佛教协会副秘书长。从她的眉眼之间，依稀能够看到李叔同的影子。在她办公室门后，是她亲笔所写的“惜福”二字，与弘一法师“朴拙圆满，浑若天成”的字体，有几分神似。

在俗，举世奇才；在僧，律宗高僧

李莉娟出生于1957年，在出生之时，她的祖父早已圆寂。很小的时候，家里还有些照片，有时看到父亲在翻照片，好奇就会问。父亲也时常跟他们讲起祖父自幼天资聪明，勤奋好学，以及曾经留学，回国从事教育的一些事情。“听了以后，我对祖父顿生崇敬之情，一位伟大而庄重的形象，展现在我面前，在我幼小的心灵中留下深刻印象。”

但是有一天，这些照片，还有一些其他的东西，忽然都不见了，父亲也不再说祖父的事情。“后来才听我父亲说，那些东西不能再留了。被人翻着了，就惹祸，可能他就给毁了。我们后来也没看到了。”李莉娟还记得，那是她小学就要升二年级的时候，长大后才知道，那场大浩劫叫“文化大革命”。

直到1980年，李莉娟还记得，那是她祖父的百年诞辰，各地报纸、杂志开始登载纪念文章，她才渐渐地全面地了解祖父的事迹。那时候，她已经20多岁了。

“我的祖父这么多的奉献，徐星平（弘一法师研究者）提出来，有10个第一，后来又整理成12个第一。”

李叔同可以说是中国话剧的奠基人。他在留日期间，是中国第一个话剧团体“春柳社”的主要成员。“1907年，他在日本演《茶花女》，那是中国人演的第一部话剧，祖父反串女主角玛格丽特，可说是中国话剧反串第一人。那场话剧是为了赈灾。”后来，李叔同还曾主演过多部话剧，反响极大，布景设计、化妆、服装、道具、灯光等许多方面，李叔同都起到了启蒙作用。

“祖父在日本时曾寄了一张自己画的水彩画做明信片，可能是目前找到的中国水彩画的第一张。”

“祖父集诗、词、书画、篆刻、音乐、戏剧于一身，可说是少有的奇才，他的‘弘体’书法‘朴拙圆满，浑若天成’，鲁迅、郭沫若等都以得到他的一幅字为无上荣耀。”

李莉娟至今还记得，1980年，中国佛教协会搞了一个纪念弘一大师诞生100周年书画金石篆刻展，从此，有关弘一大师的资料介绍，报纸上渐渐多起来。此时，李莉娟才将那些幼年时的印象与这位律宗高僧联系起来。

“弘祖1918年出家为僧，1942年圆寂，这24年间对佛教做出了很大的贡献。当时鉴于佛门戒律松弛故而致力研究律宗，学律持律，以自己严格的持戒行动为佛教界树立模范，并振兴湮没700年的‘南山律宗’。”弘一法师履践他弘律的誓愿，精研律藏，编著了许多律学典籍，其中《南山律苑丛书》《四分律比丘戒相表记》最为精辟。尤其是《四分律比丘戒相表记》，是弘一法师呕心沥血，历时多年，精心构思之作，他将原有戒条制为表解，化繁为简。“（这本书）被称为宋朝元照（灵芝）律师以后第一巨著，（弘祖）在中国佛教史上被尊为‘南山律宗第十一代祖师’。”

“弘祖持戒严谨，做事小心谨慎，他曾写一幅字：‘十目所视，十手所指，战战兢兢，如临深渊，如履薄冰。’”李莉娟听过一个故事：弘一法师悲天悯人，他每次去学生丰子恺家，坐藤椅之前，都要提起椅子来轻轻摇动，再慢慢坐下。子恺先生觉得奇怪，弘一法师说椅子缝隙很大，也许里面有小虫伏着，摇一下可让它避走。师徒也因此萌生编印《护生画集》以宣传怜悯一切生物的慈悲心。丰子恺作画，弘一法师配诗，规劝人们戒杀护生，慈悲为怀。两人约定，每逢10岁生日时出一集，共6集。丰子恺为坚守承诺，哪怕是在“文革”遭批斗期间，依然坚持，他白天到“牛棚”，晚上冒风险作画，终于在1973年将第6集画完，历时46年。

前排从左到右：李莉娟（李叔同孙女）、李端（李叔同小儿子）、广洽法师、李莉娟母亲（摄于20世纪80年代）

嘱全家吃斋信佛，两个儿子用功读书

我自己年岁见长，先父给我们来过两封信，都是在给二伯父信中的另纸附书，没有称谓也没有名。第一封信是先父出家后寄来的，当时我正在中学上学。信中说他已出家当了和尚，让我们一家人也吃斋信佛，还嘱咐我们弟兄要用功读书，长大后在教育界作事。

——李端《家事琐记》

李端在20世纪80年代所述《家事琐记》中回忆："俞氏是我的生母，先后生了我们兄弟三人，我的长兄乳名葫芦，行八，早年夭亡。次兄李准，行九，长我4岁，已故。我是我们亲兄弟中的老三，在大家庭中行十。"

李端生于1904年。李叔同1918年出家之时，他还是个14岁的顽童。但对当年的情形记忆犹新："先父的出家为僧，给我母亲的刺激很大。她为了打发无聊的日月，就到北马路龙亭后孙姓办的刺绣学校里学绣花解闷……"

哥哥李准1900年出生。1905年，李叔同母亲王氏在上海病故，李叔同携家眷扶着灵柩返回天津。李准因在轮船上受了海风，得了终生不治的哮喘病，每到冬天就犯。

李准的第二个孩子出生时，家里曾经写信给弘一法师，李端在回忆中写道："我见到的第二封信，是我的九嫂王氏第二胎生了一个男孩以后（第一胎生的是女孩），我们向先父报告家中添丁的事，并求这位出家当了和尚的老人给孙子起个名字，以为吉祥长命。以后得到先父的回信，给他的孙子赐名'曾慈'，有纪念我祖母王氏的深意。"

李准在20世纪50年代去世，他有一子一女，儿子即为弘一法师亲赐名的李曾慈，女儿叫李然平。李曾慈生于1930年。大家庭分家以后，就各奔东西了。李准一家投亲去了北京。李曾慈现居北京平谷果各庄，是农村户口。李然平如今在河北省石家庄市，是随军家属。两人如今都已经七八十岁了。

"虽然祖父出家之时写信告诉家里，希望两个孩子从事教育工作，但伯父有病，没参加工作，我父亲未受高等教育，也未从事教育，最初经人推荐在南开大学图书馆，但我出生时，他已经在一商局的一个化工站工作了。”李端生有三女，李莉娟是老二，老大李汶娟、老三李淑娟，现在都住在天津。

李莉娟记得，“文革”时，因为大家都不清楚她们家的情况，也没受到什么批斗。但毕竟出身不好，所以全家都下了乡。

1970年6月6日全家迁到天津西郊区。当时，李汶娟只有16岁，却不得不参加劳动。比她小3岁的李莉娟和妹妹李淑娟得以在农村继续上学。

1974年，过完春节，全家总算回到天津市。

从农村回来半年后，按照政策规定，李莉娟又得下乡。“我父亲单位与学校协调，我勉强留城，但不给我分配工作。最后，我在天津河东区副食品公司做了营业员。”工作刚两个月，赶上大盘点，李莉娟算盘打得不错，成了核算员。后来，她考上了会计，脱产上了三年中专，又读了一些书，“我感觉还不错”。

李汶娟回城以后进了一家针织厂，现在早已退休。

小妹李淑娟，回到父亲的单位，在行政科工作，去年满 50 岁，也退休了。

李汶娟和李莉娟都没有结婚。李淑娟有个儿子，20 多岁，如今在银行工作。

他们的父亲李端在 1991 年病故。

李端在《家事琐记》中还有另一段叙述："我还见过先父画的一张油画，是一位日本女人的头像，梳着高髻的大阪头，画面署名'L'，四周有木框……现在推断，'L'的署名当是'李'字的拼音字头，画中的日本女人，也可能就是我父亲从日本带回上海的那位日籍夫人。"

近来，有研究者称，李叔同的日籍夫人育有一子一女。但至今没有现身。

"弘祖"是李莉娟对祖父的称呼，从法脉传承来说，她也算是弘一法师的徒孙。她在 1986 年皈依佛门，成为居士，法名契真。她的师父是新加坡的广洽法师，曾经跟她的祖父学习律宗。

1996 年，天津市宗教局建议李莉娟调到佛教协会工作。当时，国内外对弘一法师的研究越来越重视，她常常要去参加一些会议，“我考虑，还是调过来比较方便。后来我又上了人大（注：中国人民大学）的研究生班，一点点地增进知识”。

现在，李莉娟忙碌于佛教事务，往返于弘一法师生活过的地方，收集整理弘祖的资料，参加各种研究、纪念活动。她学习弘祖的佛书、遗著、书法，她觉得“勤临弘一大师的书作，一者修身养性，一者更能从中感念体会大师的德行”。她发愿以书法来发扬光大弘一大师的嘉言懿行与道德风范。1996 年，李莉娟参加新加坡书法展览，得到专家的好评。2007 年 7 月，她在台湾举办个人书法展，台湾文化界有识之士评价其书法得到弘一大师真髓。

“祖父对我们的影响太大了。他的才华、能力，他的思想、品德，我们纪念、学习、追随他，也争取像他一样，学弘祖做弘祖。但他太博大精深了，我们只能学一鳞半爪。比如他的认真，比如他做人的德行，我们受用终身。”

"长亭外，古道边，芳草碧连天；晚风拂，柳笛声残，夕阳山外山；天之涯，地之角，知交半零落；一壶浊酒尽余欢，今宵别梦寒……"每次听到这首《送别》，李莉娟就会想起那位从未谋面却时刻陪伴自己的祖父。

【对话】

"了解越深，越觉得祖父了不起"

记者：您最佩服祖父李叔同的是什么？

李莉娟：是他的认真，无论做什么事情，他都很认真，做什么像什么。

记者：您从何时开始收集、整理资料来研究您的祖父的？

李莉娟：（20世纪）80年代初，刚刚知道祖父就开始做了。当时是无意识的，是好奇，想了解祖父。后来，开始有意识地收集。收集越多，了解越深，越无止境，越觉得祖父了不起，僧俗两界他都了不起。他很广很深，我就想，我的祖父怎么这么伟大。他确实是一个奇才。有这样一个祖父，我也很荣耀。

记者：您在研究方面有哪些发现、心得和作品？

李莉娟：这两年不少研究专家发表了一些研究论文，有不少发现，不止是艺术上和佛学贡献上的，还包括对他的思想境界都有所研究，都挖掘出不少新资料，有些是从日本挖掘到的。我只是大量收集素材和资料，做一些基础性的工作。

记者：您祖父盛年出家，家有娇妻爱子，感觉他很决绝。有没有怨过他？

李莉娟：他做什么事情都很干脆，不拖泥带水。我能理解。出家乃大丈夫之事嘛。（您的父亲呢？）我想，当时我奶奶在家里哭哭啼啼，很寂寞，她开始肯定会有些不理解，这是可以想象的。我父亲可能会受奶奶情绪的影响，但他没细谈过。后来，他年纪大了，我觉得他是理解了。（包括让您去皈依？）是。

记者：关于李叔同出家的原因众说纷纭，您如何看他的出家？

李莉娟：我们都是凡夫，他的境界非常高。丰子恺先生理解弘祖出家，提到三层楼："当时人都诧异，以为李先生受了什么刺激，忽然'遁入空门'了。我却能理解他的心，我认为他的出家是当然的。我以为人的生活，可以分作三层：一是物质生活，二是精神生活，三是灵魂生活。物质生活就是衣食。精神生活就是学术文艺。灵魂生活就是宗教……我们的弘一法师，是一层一层走上去的……他的做人，一定要做得彻底。他早年对母尽孝，对妻子尽爱，安住在第一层楼中。中年专心研究艺术，发挥多方面的天才，便是迁居在二层楼了……爬上三层楼，做和尚，修净土，研戒律，这是当然的事，毫不足怪的……"我赞同他的解释。弘祖的思想境界非常高，他的很多决定，都是经过深思熟虑的。

弘祖的出家没有牵涉任何世俗因素，而放下一切身外之物，完全是为了住持佛法，续佛慧命，弘法利生，将佛法发扬光大，利益众生。

当今，有些"研究者""专家"发表文章，用种种猜测“揭秘”弘祖出家的原因，劝君千万不要在此浪费时间，还是先了解弘祖出家后24年间的成就及对佛教的贡献，顺便再学一学佛教的教理教义，待思想境界有了提高，一切便明了。

记者：您祖父出家后写信回来让家人吃斋念佛，你们家族是不是受此影响很深？

李莉娟：很明显，我们是佛化家庭。在我父亲小时候，我家有一副对联：“惜衣惜食非为惜财缘惜福，求名求利须知求己胜求人”，这是我的曾祖父写的。我的曾祖父是有名的李善人，办备济社，救济穷人。我们家有多少财产，都不浪费。传到我们这一代，也不会过多浪费。而弘祖的嘉言懿行更是我们行为的准则。弘祖圆寂到今年已满70年，由于年龄关系，我没有亲近过弘祖，无缘聆听弘祖教导，但弘祖留下了宝贵的文化遗产、丰厚的佛学著作，就好像弘祖在面对面教导我们，备感亲切。弘祖在《青年佛教徒应注意的四项》中讲：“我们即使有十分福气，也只好享受三分，所余的可以留到以后去享受。”我自幼受家庭影响，深知惜福之必要，习劳、自尊、持戒是我们成长过程中的准则。

记者：你们的下一代，知道、了解曾祖父吗？

李莉娟：了解，但不是专业的研究。

（2012 年 3 月 23 日　本文供图　李莉娟）

张乐平后人：父亲即使不画三毛，也很了不起

陈 苏

【名片】

张乐平（1910.11.10—1992.9.27）

海盐人，漫画大师，被誉为“三毛”之父。

与夫人冯雏音有七个儿女，长女张娓娓、次女张晓晓、长子张融融、幺女张朵朵、次子张建军、三子张苏军、四子张慰军。

深深呼吸着少有的安详和宁静，雨打着梧桐树枝，哗哗地响着。

1959年张乐平全家在上海的旧居(从左到右:张建军、张娓娓、张朵朵、张融融、张乐平、张苏军、张晓晓、张乐平夫人冯雏音、张慰军)

五原路288弄3号，张乐平旧居，在这里，张乐平和七个孩子度过他人生的后40余年。斑驳的老洋房，雕花的天花板，脚踩在辗转的木质楼梯上，咯吱作响，满布蓝印花布的画室，一切如昔。时间，似乎从未流逝。

今年是张乐平逝世20周年。2月10日，海盐张乐平纪念馆新馆开馆，陈列了各个版本的张乐平作品。

初春的下午，在张乐平上海旧居的画室里，张乐平次女张晓晓、长子张融融、小儿子张慰军，接受本报记者采访，追忆父亲和家族往事。他们坐在父亲大大的画桌旁，一如半个世纪前，依傍着父亲。

重义轻利，做大事胆子很大

在我们的印象中，他对名利看得非常淡，处世为人小心谨慎。长大后，我们才知道，他在大事情上胆子很大。

——张融融

张家兄弟姐妹的印象中，父亲一直是小心谨慎地做事。“他开会都躲在后面，加工资、分房子，他都主动不要。”但长大后，尤其是父亲去世后，他们通过有限的资料，才知道，父亲大事上胆子很大。

《三毛流浪记》超过三分之二的画稿，是张乐平在嘉兴姚庄路北望云里19号完成的。许多人不知道，当时，张乐平为何举家迁到嘉兴。

“父亲画三毛，收到恐吓信，里面有子弹，因此躲到嘉兴。”张晓晓依稀记得，当时，父亲带着母亲、5岁的自己和大姐张娓娓、弟弟张融融，举家住进那座木结构的三开间两层小楼，“朵朵（张乐平的第四个孩子）就是1948年出生在小楼里”。全家在这里住了两年多，直到1949年11月，离开嘉兴定居上海。

受到威胁造谣，是家常便饭，但张乐平没有停止创作《三毛流浪记》。张融融记得，当时，每隔几天，父亲或者母亲就到火车站邮局，将画稿寄往上海《大公报》。

“抗战那段经历，以前他不愿意多讲。实际上，这段经历非常了不起。”张家兄弟姐妹在父亲身后，通过资料才知道，抗战时，父亲一直在抗日第一线。“当时上海漫画家组成抗战漫画宣传队，父亲是副领队。他为画抗日宣传画出生入死。他深入基层，辗转各地，坚持到抗战胜利，这从我们兄弟姐妹的出生地就能看出来。”张乐平大女儿张娓娓1941年出生在江西上饶，二女儿张晓晓1943年出生在江西赣州，大儿子张融融在1945年12月抗战胜利后出生在广东梅县。这就是张乐平在抗战中的足迹。“因为他在国统区，所以对我们不大提。《三毛从军记》就是他这一时期生活的一个体现，里面军队有抗日的一面，也有腐败的一面。”张乐平去世后，张家子女整理出版了《三毛之父从军记》，专门讲父亲在抗战中的事。

喜欢雪中送炭，不喜欢锦上添花

> 我父亲善良，老实，本分，他做人低调，平易近人，和工人、农民、老百姓都可以成朋友。“三毛”很出名，父亲是被“逼”上名人的位置。父亲喜欢雪中送炭，不喜欢锦上添花。
>
> ——张融融

张乐平始终关心弱势群体，张晓晓觉得这可能与他出身苦有关。“中华人民共和国成立前这（张乐平旧居）都是洋人别墅，北面的院子以前都是平房、汽车间。

中华人民共和国成立后，那里住着不少工人。”张慰军记得，父亲和他们的关系非常好，“他们家里有事也都和父母商量”。直到现在，他们的子女和张家子女关系依然非常好。“‘文革’时，有红卫兵来抄家，他们还出来阻止。”张融融记得，父亲在单位扫地，工人对他非常好，“造反派走了，他们就说，老张，你不要扫了。那时，工人阶级的一声‘老张’多么难得啊。这与父亲平常的为人有关”。

1957年，张乐平差点被打成右派，许多朋友成了右派，对他冲击很大。“漫画家张文元，被打成右派，去宁夏时，父亲送他很多宣纸和毛笔，一切尽在不言中，不要画漫画，画国画。那时父亲很苦闷。”张融融记得，当时，父亲带着他到嘉兴、海盐、杭州兜了一圈。之后，渐渐转向儿童漫画创作，三毛漫画也多表现日常生活。

刘海粟被打成右派后，张乐平常去看他。平反后，他反而不去了。张晓晓曾问父亲原因，“他说，要雪中送炭，不要锦上添花。这句话我印象很深”。

张乐平一直都是雪中送炭。20世纪50年代，张融融记得父亲一幅漫画25到30元钱，父母生活很节俭，但他存不了钱，常去帮了别人。“对那些‘有问题’的人，他总是能帮就帮，特别是他们留在上海的家属。”

当时，画家任微音在路边修鞋，一般人看到，都不敢理他。张慰军印象中，父亲每次见到他都和他说话，“任微音女儿曾在上海媒体上谈到我父亲，还掉眼泪，说她父亲平反，也是我父亲做的证明”。

张乐平许多作品以孩子为题材。他曾说：“大家总喜欢称我是儿童漫画家，我也乐意接受这个称号。有人问我，你的儿童漫画小孩子那么喜欢看，有什么诀窍吗？我想来想去没啥诀窍，就是有一点，我爱孩子。”他有很多编外儿女。“上官云珠阿姨在‘文革’中被迫害致死，父母视她一双儿女如亲生。我有个同学，父亲抗战时被日本兵迫害失踪，只有外婆照顾他，外婆去世后，父亲就让他住在我们家，直到小学毕业。另外，还有工人的孩子。父亲很少画画送给我们，我们的朋友却有。”最出名还要数台湾著名作家三毛。陈懋平因为酷爱《三毛流浪记》中的小三毛，把笔名改为“三毛”。1989 年，她“千里寻父”，与张乐平见面，传为文坛佳话。

合力续建“三毛王国”

张乐平喜欢孩子，妻子冯雏音给他生了 7 个儿女，组成了这个热闹的大家庭。

七子女及其后人没有承袭父亲衣钵，但不乏从事艺术、设计者。

大女儿张媉媉，学美术，也学服装设计，在澳大利亚从事美术基础教育。其女孟晶，1978 年生，学建筑设计，是墨尔本小有名气的建筑设计师。

二女儿张晓晓，曾就职于上海一家企业技术部（现已退休）。其子卓越，1974 年生，在国企做外贸。

长子张融融，曾就职于上海一家自动化研究所（现已退休）。其子张屹南，1981 年生，在同济大学艺术设计专业当老师。

小女儿张朵朵，生于嘉兴，是卫生防疫部门医务工作者，已退休。其子詹胜 1976 年生，任香港《大公报》编辑。

这四个孙辈的名字是张乐平亲自取的，寄托了他的欣喜和期待。他们出生时，他还给每个孩子画了肖像，惟妙惟肖。

次子张建军，1950 年生，小提琴手，已退休。其女张侃理曾在华东理工大学学艺术设计，现任某大型网站编辑。

三子张苏军，1952 年生，曾继承父亲画笔，从 1997 年 1 月 7 日起在《新民晚报》上连载《三毛奇遇记》，以普法、道德教育及针砭时弊为主，持续一年，香港媒体以“三毛复活”“三毛新生”为题关注。

四子张慰军，1954 年生，毕业于上海交通大学美术系，学油画，在上海做室内设计。今年 2 月开馆的海盐张乐平纪念馆新馆，室内设计和展览陈列是他亲自做的。其子 1990 年生，于南京大学学哲学宗教学。

这些年，张家七子女协力构建父亲的“三毛王国”。

1996 年，三毛形象著作权无形资产被评估为 5.9

亿元人民币。

从2006年开始，央视陆续播出根据张乐平原作改编的动画片《三毛流浪记》和《三毛从军记》，也有以现代题材为故事背景的新编作品《三毛奇遇记》《三毛历险记》和《三毛旅行记》。

2007年，世界夏季特殊奥林匹克运动会，阳光三毛被用作吉祥物。

2010年，上海世博会，三毛作为世博系列图书的重要形象，与海宝携手，共看新上海，在上海馆“永远的新天地”中，“三毛”成为代表上海的文化符号。

2010年11月10日，张乐平百年诞辰，系列大型动画片《三毛》在人民大会堂举行首发首映发布会。

2011年，音乐剧《三毛流浪记》由著名音乐人三宝主创，甫一推出，就在广东省的艺术节上得了9个奖项，当年成功巡演50场。

2012年2月10日，海盐张乐平纪念馆新馆开馆，面积1900多平方米，陈列了各个版本的张乐平作品。

……

这长长的时间表，每一个都有张氏子女努力的身影。

张乐平最早的漫画是何时？最早的三毛漫画是何时？

这些曾经的疑问，在张氏子女努力下，也都找到了答案。

“父亲最早的漫画，有各种说法。我们发现早在1932年，有上海媒体称父亲是国内第一流的画家，至少，那时他已画了很多画。现在我们知道他1929年已经在画漫画。”张慰军说他们还在努力寻找，看是否有更早的作品，“最早的三毛到底在哪？黄永玉叔叔写的是1935年9月，父亲模糊记得是春夏之交，又说11月。目前我们找到的是1935年7月28日”。

他们整理父亲留下的资料，出版相关书籍，“《三毛之父从军记》《永远的三毛》《上海张乐平画笔下的三十年代》等很多版本”。

张氏子女主要做的是将画稿整理出来，重新出版。“《三毛流浪记全集》和《三毛从军记全集》。《三毛流浪记》以前出的都是选集，我们整理出全集，以《大公报》连载为主，篇幅从一百七十几幅变成二百六十几幅。”还有其他作品，包含张乐平曾提到过的作品，

“父亲在‘文革’写检查时提到，帮美国人画抗日漫画；他提到1938年，中国飞机飞到日本本土撒传单，这是第一次外国飞机飞到日本本土，传单中的漫画，就是父亲领导的漫画宣传队所画”。

他们整理老照片，维护旧居，保留画室原貌，参加各类活动，配合所有的演出和拍摄。在父母将《三毛流浪记》《三毛从军记》《三毛翻身记》的原稿捐赠后，2009年，他们又将张乐平与巴金等名人的通信信札，《三毛学法》——张乐平最后一部作品原稿，捐给上海图书馆。

“这些年，我们一直在做，没停过。”

近一年多来，张家子女一直在忙海盐张乐平纪念馆。“所有陈列内容和资料都是我们提供，文字整理花了很多时间，都是中英文。”新馆的室内装修设计、陈列是张慰军做的。“我们还捐了一些生活用品，各版本的父亲作品、画具文具和漫画家画父亲的部分原稿。”

早在1995年旧馆开馆时，张家已经捐赠几百幅漫画和年画画稿，包括《三毛迎解放》原稿一套、《三毛爱科学》的大部分画稿。

张乐平长子张融融（左）、小儿子张慰军在父亲画桌旁接受《嘉兴日报》记者采访

【对话】

让三毛品牌发扬光大

记者：父亲对你们影响最大的是什么？

张融融：老老实实做人，本本分分做人，清清白白做人，不要害人，这是最基本的道理。这些影响是潜移默化的。对名利金钱，我们看得都很淡。

张慰军：做个好人。父亲做事低调，他也希望我们不要太张扬。我们对外从来不讲父亲是谁。我们的子女也都十分低调，许多朋友不知道他们的家学渊源。

记者：三毛众所周知，除此之外，你们父亲还取得过哪些成就？

张融融：父亲即使不画三毛，也很了不起，正因为他了不起，所以才能画出三毛。

一般人来看，父亲的成就似乎就是三毛。三毛太出名了，掩盖了父亲其他成就。我们整理出20世纪30年代的几百幅漫画，其中很多时事漫画很有深意。如果父亲没画三毛，也会是了不起的画家。

张慰军：父亲画的自画像，美术评论家叶冈叔叔曾说，乐平不画漫画的话，也会是一个很有成就的画家。叶冈叔叔当时也在漫画宣传队，他后来回忆，当时的宣传画，起稿的肯定是我父亲，他的透视、解剖都很好，在他的画、剪纸中都表现得很好。父亲的剪纸是一流水平，很多复杂的画面，他不打稿都能剪出来。黄永玉叔叔也说过不止一次。

他的年画、速写、小说插图、素描、水彩画、国画都很好。他的年画曾在全国美术作品展览会上获得过一等奖。

记者：兄弟姐妹七人，无人承袭父亲衣钵。据说，你们父亲认为画漫画有风险，不希望你们画漫画？

张晓晓：我们都会画几笔，但画画要用功，父亲很用功，每天关着门画画。我们天赋是有，但用功不到。后来反右、“文革”，不可能画画了。

张慰军：反右以后，父亲不主张我们画漫画。1957年后，他在很长时间内，不画漫画，只画儿童画。他其实很苦闷。但父母绝对不是虎爸虎妈，更多是让我们自由发展。

记者：你们从何时开始整理父亲的资料？出于什么考虑？

张慰军：最初是1991年，当时父亲还在，但已经生病，我到上海图书馆去找。1998年重新开始，陆陆续续。父亲去世前很少讲自己的经历，现有的书中也很少提到。我们想了解父亲到底做些什么。他去世后，我们在有限的资料中看到父亲做了很多事情。

张融融： 当时漫画队、演剧队还有些老人，叶冈叔叔、殷振家叔叔等人还在，可以了解情况。上海图书馆也给我们看了很多资料。对父亲，我们觉得可以用“伟大”这个词。有些大师去世了，子女不整理资料，时间长了，就都散失、忘记了。作为子女，目前能做到的事，就是努力让三毛品牌发扬光大。

（2012 年 4 月 13 日）

张元济后人：第一件好事还是读书

陈　苏

【名片】

张元济（1867.10.25—1959.8.14）

海盐人，中国现代出版业奠基人，教育家，主持商务印书馆期间，把一个印书作坊办成了中国近代史上最具影响力的出版企业。

与夫人许子宜生有一子一女：女儿张树敏，儿子张树年。

2011 年 12 月，海盐张元济图书馆新馆建成，新老馆总占地 1.1 万平方米，藏书 40 万册。

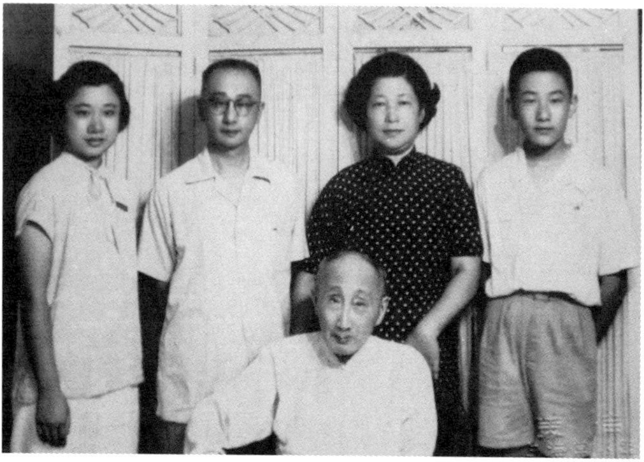

1953 年暑假期间，张元济先生的全家合影。后排中间张树年夫妇，左边孙女张珑，右边孙子张人凤

2012 年，适逢商务印书馆成立 115 周年，张元济诞辰 145 周年，4 月 25 日至 27 日，《张元济全集》出版座谈暨第四届张元济学术思想研讨会在张元济的故乡海盐举行；张元济纪念馆，经过扩建，正式对外开放。120 余位来自全国各地的学者、专家集聚海盐，共同纪

念这位中国现代出版巨子。张元济之孙张人凤应邀参加此次活动。

3月7日下午，上海市淮海中路（旧称霞飞路）上方花园24号张元济故居，张人凤接受本报记者专访。多年来，他致力于收集整理祖父文集，《张元济全集》是他多年的心血凝聚。

“督责严格但又爱护备至”

> 有人称他为出版家、教育家，也有人认为可称为思想家、改革家。仁者智者各抒高见，然而对于家庭来说，他永远是一位督责严格但又爱护备至的好父亲。
>
> ——张树年《我的父亲张元济》

直到张元济去世，张人凤与祖父一起生活了近20年。他印象中，祖父对小辈很严厉。

张元济之子张树年在父亲身边生活52年，他在《我的父亲张元济》中回忆：“父亲最厌恶睡懒觉。在父亲的教导下，我确实养成早起的习惯。至今我6时起床，决不拖沓。”

张元济孙女张珑在《水流云在》中，回忆全家人一起吃饭：长辈没有坐下来，晚辈不可以动筷子，这是对长辈的尊敬。张人凤记得：“一次他颇严肃地对我说，餐桌上不可以用刀叉或筷子指着别人，那样不礼貌。虽是简单的一句话，却使我终身受用。”

祖父对家人关心备至。张人凤记得，日伪时期，常有“防空”“戒严”，家家熄灯，戒严令过去才能亮灯吃饭，“小孩子则又饿又恐惧。祖父摸黑来到三楼我的房间里……让我躲进壁橱，开亮壁橱里的电灯，半掩着门，再拉上厚窗帘。祖父看到我独自在壁橱里安心吃晚饭，他才放心地走下楼去”。三四岁时，他到邻居家吃蛋糕，回来闹着吃，“当时正是抗战最艰难之时，祖父在朋友启发下，卖字，刚有第一笔收入，就买了这种蛋糕给我吃”。

张珑记得，幼时芒果稀有，祖父每食一个，必将芒果剖成两半，与她分享。1947年，张珑考入圣约翰大学英文系。祖父托人买了一台“雷明顿”牌打字机奖励她。她在北京大学教书时，写信提到石刻三希堂法帖，想刻拓，没想到不久就收到祖父回信，说已替她买了一部。

> 父亲对祖先最崇敬者，似有四位，他们的著作、言行在塑造父亲的品格中，有着很大的影响……父亲对始祖“不受权贵之饵”“以挽弱宋而奋中兴”“清明刚正，国家是急”的高尚品行，景仰备至。第二位是十一世祖张奇龄……他立下家训，世代相传：“吾家张氏，世业耕读；愿我子孙，善守勿潜；匪学何立，匪书何习；继之以勤，圣贤可及。”……父亲对大白公家训极为推崇，1914年极司菲尔路新居建成时，用隶书亲笔缮写，命人镌刻在柚木板上，镶嵌于大客厅拉门上……
>
> ——张树年《我的父亲张元济》

勤奋，是张元济给后辈的最深印象。

张树年书中记述：“父亲天不亮就起身……盥洗完毕，父亲就开始工作。开了电灯，伏在书桌上批阅公文，写信，查资料，总之写个不停。等到天亮开了百叶窗，熄了灯，继续写。”

张珑《水流云在》自述幼时印象：“从幼小的时候起，我就有一种怕时光流逝而自己什么也没有做的恐惧。这种深深植于我心灵之中的思想就是来源于祖父潜移默化的影响，因为自我有记忆起，总是看见祖父在辛勤地、忙碌地工作，或伏案写作，或看书，或会见客人，或出门办事，从未见他闲着。”

“他给我留下的印象之一是严格，印象之二是非常勤奋。”张人凤有记忆时，祖父已快 80 岁，是商务印书馆董事长。“每天早晨，商务派汪师傅送文件和信过来，紧要的，祖父当时就批示。一天两次，早晨 8 时，下午 4 时，天天如此。整个上午他写回信，起草文件。吃过中饭，沙发上靠一靠，进行古籍点校。吃过晚饭，看商务的股票。父亲陪他说说话。”直到 1949 年中风，“他能坐起来时，床上放小桌子，继续工作”。

1932 年，《百衲本二十四史》编校就绪。日军轰炸商务，焚烧涵芬楼，商务 80% 资产，46 万册藏书，包括善本古籍3700多种，悉数被毁。伤心过后，张元济从头开始校勘《百衲本二十四史》，到1937年出齐，耗时18载，3000卷字字心血。

说到《涵芬楼烬余书录》定稿，张人凤对祖父的付出感受尤深，“被烧之后不久，他着手搞这个工作，当时不敢出版。抗战胜利后，他继续编撰，1948年，基本定稿。1949年中风后，身体稍好，就开始最后审定。他用放大镜，一个字一个字地完成他最后的典籍著作，1951年正式出版”。

“他是个读书人，对国，对家，对事业，对自己怎么考虑，上对祖宗，下对小辈，都有规范。他严于律己、清廉，非常严格。究其根源，当然有的来自于祖训，更高的是来自儒家的哲学。”

1936年，蔡元培、胡适、王云五发起，征集论文，刊行纪念册，献给这位学者与学术界功臣，作为他70岁生日的寿礼。《张菊生先生七十生日纪念论文集》收录22位名人、学者论文，他们尊称张元济为“富于新思想的旧学家，能实践新道德的老绅士”，赞誉他“兼有学者和事业家的特长”。

无书不成其为家

书更是无所不在。在大客厅、小客厅、小书房、楼梯间，楼上祖父的工作室、卧室里，以及后来在上方花园住宅的上上下下，无处不是书。似乎无书就不成其为家了。文化的熏陶需要一种气氛，祖父以他渊博的学识，自然而然地在家里营造起一种文化氛围，使晚辈们得以自幼沐浴其中。

——张珑《忆祖父》

“父亲从欧洲带回不少玩具，其中一盒积木我特别喜欢……我和姊姊都不会搭……这盒积木，我的儿女珑儿、长儿都玩过，外孙女清清与孙女玮玮、璟璟也玩过。可说是我们家传代的玩具了。”张树年曾详细描述这套父亲赴欧洲考察时带回来的传家玩具。

张元济一女一子，为继室许夫人所生。1889年张元济中举，娶同乡吾乃昌之女为妻。3年后，张元济中进士，吾氏夫人病故。1895 年，娶已故军机大臣、兵部尚书许庚身之女许子宜为妻。两人相濡以沫，直到 1934 年夫人病故。

女儿张树敏，1903 年生，自幼延聘家庭教师。抗战胜利后，随夫去香港，后旅居法国，20 世纪 80 年代病逝。有三个女儿，长女孙以恒和三女孙以茂是老师。

张树年是张元济唯一的儿子，1907 年生，圣约翰大学经济系毕业。“我父亲大学毕业后想进商务，但祖父不同意。‘你不能进商务，对你不利，对我不利，对公司也不利。’”张树年 1931 年留美入纽约大学，学工商管理，回国后，进了银行。“父亲一生算不上坎坷，但他留美时，商务被炸，家境困难；留学回来，赶上日本侵华；中华人民共和国成立后，他学的那套资本主义经济不能用，只能在储蓄所工作。他一生很单调，虽没戴‘帽子’，但也很压抑，不过，总算平稳度过。”家被抄过，资料尽毁，包括张元济 1926 年到 1949 年的 20 多本日记和一些书、信。张树年晚年编撰《张元济年谱》。1997 年，他 90 岁时写作《我的父亲张元济》。

张树年有一子一女。女儿张珑1929年生，1950年从上海圣约翰大学英文系毕业。1951年夏，接马寅初亲自签署的聘书，在北京大学西语系教英文，直到1969年与爱人李瑞骅（我国金属结构设计研究工作的先行者和带头人）被下放到湘西干校。后来，回建设部做翻译，同时担任《中国建筑》英文版主编。退休后，她写了自述体回忆录《水流云在》。张珑之女李清，毕业于北京大学英文系，20世纪90年代初旅美，现在纽约做电脑软件工作。

儿子张人凤，1940年生，1958年高中毕业，因姑母在国外升学受到影响，入读上海师范大学数学专科。毕业后，从事职工业余教育，在杨浦区业余大学任教，后任校长，曾是杨浦区政协副主席、杨浦区人大常委会副主任、上海市人大代表。

退休后，张人凤集中整理编撰祖父资料。早在张树年编《张元济年谱》时，他已开始帮忙。“《张元济全集》现已出版10卷，2007年到2010年出完。出版后又发现约10万字新资料：一部分是上海图书馆开放了盛宣

张元济之孙张人凤教授接受《嘉兴日报》记者采访

怀档案，有张元济写给盛宣怀的书信和工作报告；一部分是上海图书馆新开放的张元济商务印书馆工作日记，夹有很多纸条，有信稿、批示、文稿等。”

2011 年 1 月出版《张元济年谱长编》上、下册。2007 年，出版社向张人凤约稿，他和柳和城合作编撰《张元济年谱长编》。

张人凤学数学，编撰资料难度很大。“都是文言文，没有标点，毛笔字的信稿非常草，资料散失，很难找。”但长达 20 年的研究，他逐步积累，掌握了一些考证方法。

张人凤有两个女儿。张玮 1969 年生，同济大学环境监测专业毕业，现在新加坡国家公用事业局从事自来水水质分析。张璟 1978 年生，获纽约圣约翰大学硕士学位，学税务，后任职于纽约一家保险公司。

谈及祖父对家族的影响，张人凤说：“把我们这些人搞到都成天和书打交道。”张元济晚年曾撰对联，“数百年旧家无非积德，第一件好事还是读书”。张元济爱书、藏书，终身与书打交道，深深影响后人。同时，他对昆曲的喜好也代代传递。

更多的是潜移默化，“他有个《新治家格言》，是他 82 岁时手书的，包含他对个人修养、修身育人、治家执业等各方面的观念”。2011 年 12 月，《新治家格言》上了海盐县张元济图书馆新馆的墙。

【对话】

“为中华文化长城加一块砖”

记者：您写《智民之师》，是否认为祖父在启迪民智上贡献最大？

张人凤：祖父成就很多。首先，中国近现代出版业，他是奠基人之一，商务培养大批出版人才，商务出版样式、管理模式是当时出版业的楷模。其次，对教育贡献很大，主持编写中小学教科书，影响很大。再次，古籍研究、出版有突出贡献。他用商务的力量，雄厚的资金，加上他学术的专业，编辑《四部丛刊》和《百衲本二十四史》等，这在民国时期中国古籍整理出版中有代表性，对中国传统文化保存、流传、普及的作用不可小看。

记者：20年来，您跨学科、花精力做有关祖父的资料收集、出版，主要是为什么？

张人凤：祖父的东西难能可贵，能流传下来，也是为中华文化长城加一块砖。很多资料分散在各地，不去整理也就散了。别的研究者收集资料可能会更困难，我花点时间，对别人的研究也很有用。

当然也有客观条件：父亲曾指导过我，有些关系可以联络，方便收集资料；因为商务的关系，全集这样的大部头，也能出版。我也感兴趣，虽然跨学科，但学理也有好处，逻辑思维和考证的严密性对研究有帮助。

记者：您大概有多少研究成果？

张人凤：《张元济全集》550万字，《张元济年谱长编》180万字，还有台湾版《张菊生先生年谱》。我写了张元济传记《智民之师》，16万字，研究文集已出版30万字。大概编撰700万字，写作50万字。

现在，我每天去图书馆，不断发现新东西，希望全集再继续补遗。

记者：您的子女了解曾祖父吗？

张人凤：都知道，但他们对整理材料不感兴趣。我整理出来的东西，他们都有。至少让他们知道，曾祖父曾经做过什么。

记者：张氏后人从事教育的特别多，这与祖父重视教育有关吗？

张人凤：并不完全受祖父影响。

记者：您从事教育多年，怎么看祖父的教育思想？

张人凤：祖父的教育思想、观念很了不起。他到商务的出发点，在于普及教育，启发民智，提高国民素质，强国富民。他很看重普及教育，觉得文化教育停留在少数人身上不行。民众没有文化，这个民族肯定会被人家抛下。

记者：是什么成就了您祖父？

张人凤：他是大学问家，又是实干家。他勤奋肯干，与一批志同道合的人，从基础抓起。他适应时代发展，也抓住时代机遇，利用自己与知识文化的接触，成就事业，使得教育观、指导思想得以实现，同时也为教育做了贡献。

记者：您的祖父致力于中小学教科书编写，现在老课本很热，《读库》张立宪力推老课本，第一套就是商务的《共和国教科书》，您如何看？

张人凤：老课本很有意义，对现代教材编写有启发。我做《张元济全集》时，也曾想把祖父编写的或参与编写的教科书放进去。一是反映祖父的思想观点；二是反映他在教育方面做的事情；三是尽可能把他的文字留下来。但出版社没同意，那是2005年。

我编全集，不考虑重不重要，也不考虑观点对错，只要是他的文字，全放进去，不修改，后人要批评也可以，我想还历史真实面貌，包括对教科书也是如此。

（2012年4月27日）

王国维后人：一脉相承，醉心国学

陈　苏

【名片】

王国维（1877.12.3—1927.6.2）

海宁人，国学大师，集史学、文学、美学、考古学、词学、金石学和翻译理论等学术成就于一身的学术巨子，中国甲骨学、简牍学、敦煌学的开拓者、奠基者。

王国维有八个子女，长子王潜明、次子王高明、三子王贞明、四子王纪明、长女王东明、五子王慈明、次女王松明、六子王登明。

1925年，清华国学院，前排左起：李济、王国维、梁启超、赵元任，后排左起：章昭煌、赵万里、梁廷灿

2012年4月29日，台湾“清华大学”校庆，举办“忆清华名师”演讲会，王国维长女、百岁高龄的王东明，专程由台北赶往新竹，王国维曾孙王亮也从上海前往。

王东明是王国维唯一尚在人世的子女，演讲会上她说自己只跟父亲学了半部《论语》，当时年齿尚幼，父亲亲授她“四书”，《孟子》有故事还好，《论语》“子曰”“子曰”的，实在不懂，“人家说半部《论语》治天下，对我一点用也没有”，花一年读完《孟子》及半部《论语》，父亲就不在了，她才懊悔当初没好好学。

6月2日是王国维忌辰，昆明湖依然水波荡漾，海宁潮澎湃如初，蓦然回首，斯人却已离去85载。

他并不是古板的老夫子

弟妹们在家，总爱到前院去玩，有时声音太大了，母亲怕他们吵扰了父亲，就拿了一把尺装模作样地要把他们赶回后院去。他们却是躲在父亲背后，父亲一手拿书继续阅读，一手护着他们满屋子转，真使母亲啼笑皆非。

——王东明

这是王东明百岁之时的回忆。多年来，王东明写了不少回忆父亲的文章。近期，海峡两岸都打算将这位百岁老人的回忆录付梓出版。

今年100岁高龄的王东明依然思路清晰、精神矍铄。她在日本出生，父亲去世后，她随母亲回到海宁老家，在那里读完小学、初中。12年前的中秋，阔别故土53

2012 年 4 月 29 日，王国维女儿王东明在台湾忆父亲（岳南供图）

年的王东明由弟弟王登明相陪，再次回到海宁老宅——位于盐官镇西南隅，海宁市政府已重新修复王国维故居，老屋南面便是一线潮汇合处。

王国维离乡后曾写下“海门空阔月皑皑，依旧素车白马夜潮来”追忆钱江潮。当年，正是在这老屋里他酝酿和起草了《人间词话》。

在王东明的印象中，父亲王国维对仪表并不重视，天冷时一袭长袍，外罩灰色或深蓝色罩衫，系黑色汗巾式腰带，上穿黑色马褂。夏天总是一件熟罗或夏布长衫。平时只穿布鞋，头上一顶瓜皮小帽。总有人对王国维的辫子争论不休，但对王东明来说，每天早晨母亲给父亲梳头的温馨场景，深深刻印进了她少女的心怀。

王贞明是王国维的三子，王国维自沉昆明湖前夜写的遗书便是嘱咐给他的。1983年，王贞明在台湾发表《父亲之死及其他》，忆及当日情景："父亲去世的那天上午，我去打网球，中午回家吃饭，不见父亲从学校回来，家人正觉奇怪，清华大学派人来报讯：先生在颐和园跳湖了！事出意外，家人莫不惊惶。当时家里就我一个男人，立刻跟着学校里派的人直奔颐和园，父亲的遗体已被放在一个亭子里，用芦席盖起来……父亲的遗容十分安详，穿着一贯的马褂、长袍、汗巾和布鞋，从口袋中寻出四块多钱和一纸遗书，纸已湿透，唯字迹完好，信封上是我的名字……读之，潸然泪下，原来自己是父亲最近之亲人……"年岁渐大，时间越久，他越是体会自己对父亲的情感以及愧疚：一直在上海读书，父亲去世那一年才回到北平，与父亲的相处很少，回到北平，虽共同生活，他却从未踏进父亲的书房。定居台湾后，他养成了一个习惯，搜集、剪存与父亲有关的资料和文章，并细细阅读，直到去世。

王国维之孙王庆山并未见过祖父，他在王国维去世十多年以后才出生，“故人回忆或者文章记述都说祖父少言。但我父王高明说祖父其实还是很活跃的，姑姑王东明也说他并不是古板的老夫子”。

王国维五子王慈明从小爱绘画，他生前受访时曾回忆，常常缠着父亲要他画人，父亲不会画，就拿一幅策杖老人给他，他马上给添上一副眼镜和一根长长的辫子，说“画了一个爸爸”。

现于复旦大学从事古籍文献研究的王亮，对曾祖的印象更多地来自他对曾祖著作的研读，他似乎从精神上更亲近曾祖。“他的人生理想还是想做纯粹的学者。他对学术的热爱是持续终身的，对政治的关注是受具体时局的影响。如果他生活在一个平和的环境中，可能不会有这么多政治方面的言论。因为早期的哲学训练，哲学的思辨对他的影响很大：一是他对学科分类的认识；二是他这种性格，使他会经常反思人生的意义和价值，包括所从事学术的价值和意义。他特别重视学术研究的方法和精密性，现在有些学者研究的条件比他好，受到的学术训练比他多，现有的研究材料更丰富，做出学术成果方面却达不到他这样的成就，其实还是在方法上没有能够超越他。”

祖孙两代，承继衣钵

> 我们这一代中，二哥天赋最高，也最爱古籍与诗词。如以他的资质与兴趣，能追随父亲继续专研国学，日久必有成就，而父亲无视他的爱好与禀赋，竟让他进入邮局，以获得较佳的独立生活工作。
>
> ——王东明

王国维有两任夫人，原配莫氏夫人生有三子，王潜明、王高明及王贞明，继室潘丽正为王国维生有三子两女，王纪明、王东明（女）、王慈明、王松明（女）、王登明。中华人民共和国成立后，除王高明、王慈明、王登明以外，其余子女与潘丽正定居台湾。

王国维长子王潜明，被认为天分极高，有深厚的文学功底，但因王国维不希望子女从文，他遵父命，考入海关，娶罗振玉之女为妻，1926 年突然因病去世，对王国维打击甚大。无嗣。

三子王贞明，父亲去世后曾在清华大学任职员，后考入海关任职，后迁居台湾，任职于高雄海关。生有一女一子，均在美国：儿子王庆襄毕业于台湾大学，赴美深造，在美国任职。

四子王纪明，遵父命入北京税务专科学校。毕业后，在海关任职，抗战胜利后，被派往高雄海关。生有两子，均在美国：长子王庆颐在美获硕士学位，次子王庆和在美国任职工程师。

长女王东明，中学教师，在台北退休。利用业余时间整理王国维遗物和作品，曾先后代表王氏后人将遗物、作品二十多件捐给台北图书馆，撰有纪念父亲的文章多篇。王东明育有两子：长子陈镇宇，会计师、硕士，曾在埃及经商，现任职于深圳，一双儿女均为硕士；次子陈镇乾，现居美国，是电脑程序设计师。

五子王慈明，为成都量具刃具厂总工程师，曾任四川省人大代表，成都市政协副主席、成都市科协主席，1982年被评为教授级总工程师。王慈明育有两子一女。长子王庆元，为成都外国语学校附中高级教师。他生有一女王星，任职于四川省质量技术监督局。次子王五一，是工程师、注册会计师，任职于欧德曼投资有限公司。他生有一女王敏，是北京大学历史学学士，法学硕士，现任职于中粮地产股份有限公司。长女王令尔，是会计师，生有一女丁若汀，是北京大学法语语言与文学硕士。

次女王松明，为小学教师，定居台湾，生育三女。

六子王登明，为上海医科大学药剂学教研室主任、教授，也是上海医科大学药学院放射性实验室的主要设计和筹建者之一。生有三女，长女王令之曾任教于大学，幼女王令宏为上海理工大学硕士，工程师。

王高明，即王仲闻，是王国维的次子，也是八个子女中，唯一子承父业的。在王庆山印象中，父亲王高明喜欢古诗，喜欢看书，他填词，结诗社。“但祖父认为他顽皮，要他考邮政局。”

早在20世纪30年代，唐圭璋的词学集子就屡次引用他的见解。

中华人民共和国成立后，王高明选择留在大陆，任邮电部秘书处副处长。20世纪50年代初，应北京图书馆善本部主任赵万里之邀，将家中父亲的手稿（包括遗书）和信札，共两大木箱遗物捐赠给北京图书馆。

1951年审干中，王高明因曾在“中统办”的邮件审查培训班见过戴笠，被认定为“不可靠分子”，后被定为“特嫌”，撤职，被安排在地安门邮局卖邮票。

而后，王高明很快投入到古典文学研究中。“父亲在北京很快就有了名气，考据学、诗词研究显露才能。那时，《光明日报》文学遗产栏目时常有他的文字。”王庆山回忆，1957年6月，《南唐二主词校订》出版后，广受好评，父亲欲调往兰州大学，《唐宋词人年谱》

作者夏承焘也推荐他入科学院文学研究所，但邮局不放人。

1959年6月，唐圭璋《全宋词》初步修订，交稿中华书局，建议由王仲闻做责任编辑，此后，“六载辛勤，全力以赴”（唐圭璋语）。中华书局曾就新版《全宋词》的署名，提出“唐圭璋编、王仲闻补订”的办法，征求唐圭璋的意见，唐圭璋欣然同意，却未通过政审。“《全宋词》不署我父亲的名字，唐圭璋先生一直很内疚。他曾多次打听我父亲的境遇。最近出版的《全宋词》已署了我父亲的名字。”中华书局邀请王仲闻为《全唐诗》断句和审稿，此后，中华书局冒险延揽王仲闻为临时编辑。“我父亲无论凭哪本书都可以成为词学专家。结果他一直在中华书局当临时工，直到‘文革’中被清退。唐圭璋也曾想把他调到南京师范大学，一去就是副教授。但邮局不放。”

1961年，《李清照集校注》完稿，已排成纸型，却未出版。也是在这一年，王仲闻利用业余时间，将补订《全宋词》的宋词考据笔记整理出20余万字的《读词识小》。中华书局沈玉成曾是《读词识小》的责任编辑，他记得："内容全部是有关作家生平、作品真伪、作品归属、词牌、版本的考订……钱锺书先生很快读完了全稿，说：'这是一部奇书，一定要快出版。'"但因与《全宋词》署名同样的原因而未能出版。除此之外，最能代表王高明学术水平的还有一部《唐五代词》，可惜，两部文稿都在"文革"中遗失。中华书局为弥补《读词识小》的文稿遗失，希望能借由《全宋词》的审稿记录，复原《读词识小》的部分内容，《全宋词审稿笔记》已由中华书局双色影印本出版。

1969年，王仲闻因牵连进"朱（学范）、谷（春帆）特务集团"案，于11月12日服毒自杀。1979年王高明平反，10月《李清照集校注》出版，学者称之"博大精深""古籍整理之典范"。

王高明有三子二女。除长女王令年定居台湾外，其余子女，在历次运动中均受到冲击。长子王庆新，1950年由上海交通大学入中国人民解放军化学兵学校，毕业后任解放军防化研究所研究实习员、防化学院讲师，育有一双儿女。次子王庆同，1949年8月入海军南海舰队鱼雷快艇大队，1957年被打成右派，后迁回原籍海宁，育有一双儿女：女儿王友洁，日本国立浜松医科大学博士毕业，现为华中科技大学同济医学院少儿卫生与妇幼保健学系主任，副教授，中青年科技带头人。次女王令三，为工程师，1951年参军入解放军通信工程学院，1958年，受冲击转业，后从771研究所退休，生有三女：长女李春为北京大学数学博士，定居美国；次女李冬辉，为西安医科大学（现为西安交通大学医学部）硕士，在美国执教；三女李夏虹，从西安电子科技大学毕业，任职于深圳中兴通信公司。三子王庆山毕业于武汉测绘学院，成右派后，居新疆40余年，曾任新疆测绘局副处长、新疆测绘学会秘书长、中国测绘学会理事，有一子一女：女儿王晴，上海财经大学硕士，现任职于美国银行上海分行；儿子王亮，上海复旦大学古籍文献学博士，现在复旦大学图书馆任副研究馆员，从事古籍版本目录研究。

王亮1971年出生，做过一些曾祖的相关文献调查研究，参与《传书堂藏书志》和祖父著作的整理，应华东师范大学方面的邀约，参加了《王国维全集》的增补工作。“江苏人民出版社让我们做一部《王国维师友录》，包括对他有影响、和他直接有往来的人的研究；我还有个设想，编一部《王国维往来书信集》。”

王亮觉得目前研究者对曾祖的研究较为集中，偏重于他对《红楼梦》研究和《人间词话》。“同题论文几百篇，一方面证明他的这些著作确实重要，但不应该限制在这里。还有不少空白的地方。”

王亮发现，曾祖一些散佚的文字没有被注意、被利用，“比如他的书信、阅读古籍的批注、题跋等各类零星文字”；曾祖的思想倾向，有些很重要的方面，揭示也不多。“比如，曾祖的学科理念在当时相当领先，他做过一篇《国学重刊》的发刊词提出，学术可以分成科学、史学和文学，虽然现在都称他是国学大师，他在清华进的也是国学院，但他并不提倡国学概念，他早年认为不应划分西学和国学。很多现在通用的术语，包括科学这个词最早也是他自日文引入中国。”

王亮还发现，几种关于曾祖生平、思想比较重要的材料没有被充分挖掘。

谈及王国维对王氏家族的影响，王慈明在王氏自编的《海宁安化王氏家史》中说："我们的家风是讲勤奋、讲奉献、淡名利。"王东明也说："我们王家人有个特性，就是耿直勤奋。父亲生前教育我们后代，要勤奋读书，认真做事，要做个好人，不贪财，不争利，要以身教言传教育后代。"

王庆山对此感受颇深，"王家人受祖父的影响，都十分好学，都安于坐冷板凳。父亲那一辈都学有所成，我们受影响，都是凭本事吃饭，都爱看书。我的两个孩子都是从新疆考入上海的名牌大学。王家人有读书人的傲气，再恶劣的环境下，都鼓励自己不要沉沦，不做小人之事"。

不过王亮则觉得曾祖对自己的影响其实并不重要。"我父亲这方面的感触可能更多一些。若一直纠结于祖先多么伟大，也没有什么意义。"

【对话】

学术不能太功利

记者：您如何得知您的曾祖王国维先生？您研究文献古籍与曾祖有关吗？

王亮（王国维曾孙）：读初中时，上海书店重印王国维遗书，我父亲（王庆山）也收到一套。父亲对曾祖说得不是很多，其实他的父亲（王高明）也很少跟他提起，估计与当时的政治氛围有关。况且父亲离家比较早，又学理科。

高中时，我看了他的著作。我选择中文专业，与曾祖没有必然联系，当时对他的认识还比较肤浅。不过，学习古籍文献，确是受曾祖的影响。曾祖的目录版本学的成就比较高，世人了解不多，有学者如黄永年先生评价他为“20世纪第一人”。

记者：您从何时开始研究您的曾祖？您的研究主要有哪些？

2012 年 4 月，王国维孙子王庆山、曾孙王亮在沪接受《嘉兴日报》记者采访

王亮：十多年了。当初也不是刻意研究，读得多了就有认识、有疑惑，很想解决，就开始了。比如最近我在研究他对印的研究和他的自用印章，是因为辨识他的墨迹和藏书的实际需要。我的研究都是一些比较琐碎的内容，虽然选题比较小，但力求深入全面。

记者：补缺。希望大家看到您曾祖的方方面面吗？

王亮：对。王国维有个理念，学术不能太功利，要出于求知，出于兴趣。（曾孙）这个身份对我有激励，我也没有感到特别大的压力。现在研究环境跟他那个时代截然不同，我的很多研究，并不是一开始设定宏大命题，而是在研读他的著作中生发出来问题，然后再去研究。我也没有就此申请大的学术课题，因为研究自己的先人要经外人的审查，感觉很古怪。

记者：您的研究主要是解惑？

王亮：对，回答一些读他作品的困惑。

记者：这是否就是您曾祖所说的，研究出于求知，出于兴趣，所以没有太多压力？

王亮：是这样的。

记者：作为专业研究者，您如何看待您曾祖的成就？

王亮：不太好表述，曾祖的成就是多方面的。他在多个领域都有研究成果。他治学的方法对后世影响非常大，而且是非常持久的影响。他的基本治学方法——二重证据法，取地下之实物，地上之文献，作参照研究。

他早期的文学、哲学研究和诗词创作，都很有成就，但他一生经过多次转型，他对自己早年的成就并不是很看重。有人想重新出版《人间词话》，他的兴趣并不大。不过，他对早年诗词创作，《人间词》是很喜欢的。

他认为学科可以互通，这是比较辩证的思想。虽然研究方法非常科学，但他对西方学术比较警惕，他重视道德，特别是传统道德。

他对西方文明的前途比较悲观，他的研究方法兼取中西，最后的理念却回归传统。这在子女教育方面也有体现，他很重视他们的英语，去投考海关、邮局实业，但对基本文化素养的培养还是以传统为主。

去年，我到海宁做了《王国维先生与海宁地方文献》的学术报告，曾祖对乡邦文化很关心，我们家族在海宁的历史他也相当重视。我参与过乡邦学人《张宗祥文集》整理，也是效仿曾祖的前例。

记者：王国维先生不让孩子子承父业吗？为什么？

王亮：姑婆（注：王东明）曾说过，他学术成就虽高，但对子女要求经济和人格上的独立，对学术上并没有特别的期望。子女天资不错的有好几位，但是都没有刻意去学文史，有好几位后来都投考了海关、邮政。姑婆估计曾祖“是以自己亲身经历到的宝贵经验为鉴”。当时的学者如陈垣也是如此。

王庆山（王国维之孙）：父亲（王高明）没有提过原因，我的分析，一是寄人篱下之苦，一是当文人太苦太累。

记者：在清华大学有您曾祖的纪念碑，您看过这个碑吗？有何感触？您如何理解陈寅恪对您曾祖父的评价：“独立之精神，自由之思想”？

王亮：碑我见到过，确实有很敬畏的感觉。碑文是陈寅恪先生的归纳，这缘于他对曾祖生平和学术研究的归纳和升华。

记者：您的曾祖在遗书中说，“五十之年，只欠一死，经此世变，义无再辱”，有人说，他这个“辱”，为死殉清廷，效忠逊帝；也有人说，他这个“辱”，与他亲家罗振玉有些什么纠葛。您怎么看这个“辱”？

王亮：我觉得他遗嘱的内涵是，中国传统的士大夫、传统的文人，有一套自我约束的观念，这种观念有他相应的文化基础，这种社会文化的基础已经丧失了，这种理念本身必然没有办法存在下去。

记者：所以才有“殉文化”的说法？

王亮：是。另外，他的道德观念中又有一些现代的因素，譬如我们熟悉的传统文人李白、杜甫，都把向权贵或发迹的友人“打秋风”，视为当然之事，在他就觉得不可接受，一定要履行一些职事作为补偿。“独立之意志”，这也是一个方面。

记者：王家人怎么看待王国维先生之死？对家族有何影响？

王庆山：有很多说法。王家没有人谈过这个事情，我问过姑姑祖父之死，开始也不太清楚。我也问过父亲，殉情？我父亲说不可能。说为了罗振玉的钱？更是胡说八道。殉文化，是拔高了。最主要的原因，我觉得一方面是祖父有病，脚底痛（说轻了是脚气、骨刺，说重了，可能是骨癌什么的）。另外，王、罗失和让他非常痛苦。还有我祖父的长子，过早离世。总之，原因很多。受祖父之死的影响，我的父亲自杀，二哥也好几次想自杀，我自己也好几次想自杀。

（2012年6月1日）

茅盾后人：三十年里，为父亲茅盾做了六件事

朱梁峰

【名片】

茅盾（1896.7.4—1981.3.27）

原名沈德鸿，浙江桐乡人。中国现代作家、文学评论家，中华人民共和国刚成立时首任文化部长。捐资 25 万元设立了茅盾文学奖。

他有两个子女：女儿沈霞（早逝），儿子沈霜（即韦韬）。

“爸爸，妈妈，这一次，恐怕是我最后一次来看你们了。”

1976 年 7 月 4 日茅盾 80 寿辰与儿孙一起合影（坐者为茅盾，从左到右：小孙女沈丹燕、长孙女沈迈衡、儿子韦韬、儿媳陈小曼和孙子沈伟宁）（桐乡档案局供图）

春日的暖阳轻柔和煦，照在乌镇西栅的茅盾陵园。有位满头白发的老人静静伫立在茅盾和孔德沚墓前。他是88岁高龄的茅盾之子韦韬。

这一天是2011年3月25日。

一生俭朴，不计私利

父亲一生著译多达1500万字，但他却在一份个人登记表上这样概括自己的主要经历和文学成就：1919年参加文学活动，1927年9月起开始写小说，写过一些小说、杂文、文艺评论、古典文学研究等。我的父亲茅盾，就是这样一个人。

——韦韬

韦韬至今仍不时会想起父亲生前多次和他们说的话："我想回去，肯定是不可能了。"

回家，对普通人来说是多么容易的一件事，但在茅盾身上，落叶归根却成了他的夙愿。1909年，他从考入浙江湖州第三中学堂开始，就几乎没有回过出生地乌镇，他甚至只能用笔端在《可爱的故乡》里述说着“总想回去看看”的乡情。

“2006 年 7 月，我亲手将父亲的骨灰迁葬乌镇，算是完成了他的一大心愿。”

作为茅盾的独子，韦韬被父亲称作“我大半生活动中始终在我身边的唯一的一个人”。

他告诉记者，曾经有无数人问过他这样一个问题：“你的父亲是怎样一个人？这个问题太大了，大到我无法回答，但从父亲评价自己的寥寥数语中，人格魅力可见一斑。如果再要细分，我认为他的人格魅力主要体现在团结至上、平等待人、远离特权、勤俭持家几个方面。”

1923 年，韦韬在上海出生。他和长两岁的姐姐是在奶奶的教养下度过幼年时期的。“从我记事到背上书包上学的那四五年，父母整天忙忙碌碌。父亲多次离家，去了广州、武汉、日本，有时半年甚至两年都见不到人。长大后才知道，去广州，父亲是参加国民党第二次代表大会；和母亲一起去武汉，是参加 1927 年的大革命；去日本，是为了躲避国民党政府的通缉。”

1927 年 7 月下旬，茅盾回到上海。当时，他已被列入南京国民党政府通缉的第一批共产党员名单，处境十分危险，无奈隐匿家中，并开始了文学创作。《蚀》三部曲——《幻灭》《动摇》《追求》正是在当时完成的。

“我和姐姐很奇怪，父亲怎么天天关在书房里写东西？有时我和姐姐在楼下吵闹，影响到他写作了，父亲就用鸡毛掸子敲桌子，我们只好乖乖闭嘴。不过，那一阶段我们却有了与父亲难得的亲近机会。他对孩子们在学校的情况不闻不问，却鼓励多看书，让我们到书架上找自己喜欢的书看。空下来，父亲还一字一句地教我们唱《国际歌》。”

1940 年 6 月，茅盾一家四口经历了重重险阻到达延安。半年后，茅盾就接到周恩来从重庆发来的电报，希望他利用自己的社会威望，在国统区进行抗日宣传。“母亲坚决要和父亲一起去，她觉得孩子大了，又有组织照管，留在延安让人放心。而父亲体弱，身边需要人照顾。”就这样，茅盾夫妻两人去了国统区，奔波于重庆、香港、桂林等地，只有夜深人静时，他们想起远在延安的儿女，思念之情无法遏制。

“父亲一生俭朴，不计私利。1980年9月，有一个设立鲁迅文学奖的议案送交他征求意见。父亲由此得到启发，问我：‘中华人民共和国成立后我们生活安定，你妈妈又向来节俭，稿费一直存在银行里，现在有多少了？’我当时掌管全家财政，就告诉父亲，有二三十万。父亲说，你们都有固定的工资收入，我这笔稿费放在家里也没有用，不如捐出去设立一个文学奖。”韦韬说，1981年3月14日，父亲病危时口述了给中共中央的信，请求党在他去世后追认他为中共党员。同时还口述了一封致中国作家协会书记处的信，表达了愿意将25万元稿费捐赠给中国作协，作为长篇小说文艺奖金基金，以奖励每年最优秀长篇小说的愿望。于是有了后来的茅盾文学奖。

我是那个替父亲复述的人

我活到现在，还多少干一点事，尤其对我父亲去世后的事尽了心，作为儿子是比较安心的。如果没有我，可能没人能好好整理这些东西，这也是我一生中最大的事了。我都快90了，从某种意义上说，我是那个替父亲复述的人。我这一辈子年轻时在延安，后来到东北，以后到了军队就没搞什么了，对军事我又不懂。后面这30年，我和我父亲在一起后，这部分时间踏踏实实算干一些事。父亲生我养我，我回报他。

——韦韬

中国茅盾研究会常务理事钟桂松记得这样一件往事：在去年《茅盾墨迹》首发前夕，桐乡当地政府邀请韦韬来家乡参加首发式。考虑到韦韬刚做过眼部手术，便打电话给他表示要到北京接他。哪知韦韬一口回绝，坚持自己买飞机票来桐乡。看到老人那么执着，桐乡方面偷偷买好了前往北京的机票，然后再电话告知了韦韬。韦韬一听不乐意了："你们一定要这样，我只好不来了。"

这次采访，韦韬也极为低调，不愿提及自己的子女，就连对他自己也不愿多谈，只是说：“我这辈子的经历很简单，最大的事就是为父亲整理了一些资料。”

韦韬原名沈霜，他觉得这个姓很容易让人知道他就是沈雁冰的儿子，就想改名。后来茅盾就将他的名字改成“孟韦”。沈霜觉得“韦”是有韧性的意思，“韬”是希望自己别太锋芒毕露，就自作主张改叫“韦韬”了。

孔德沚年轻时，为了参加革命，不愿多要孩子，只生了女儿沈霞和儿子沈霜，常说“一儿一女一枝花”，不料，沈霞英年早逝，给沈家留下了永远无法愈合的创伤。

1921 年 4 月，沈霞出生在上海。她在上海培明女子中学读高中一年级时，留有一册作文本，当时的国文老师这样评价她：“锦心绣口，咳吐成珠，是有目共赏之文。”孔德沚曾自豪地对茅盾说：“看来亚男（小名）像你，遗传了你的文学天赋。”但就是这样一位文采斐然的革命女青年，1945 年，因为怕怀孕会阻碍自己前往革命一线的脚步，毅然做了人流手术，不料因此发生医疗事故，不幸去世，年仅 24 岁。

女儿的去世，给了茅盾夫妻巨大的痛苦。韦韬前往重庆，在父母身边陪伴了两个月。“那时父亲萌生了让我继续上大学深造的想法，我却急于要回解放区，想为开创新世界尽一份力。父母并没有执拗地要让唯一的儿子留在身边，最终还是满足了我的愿望。”

日本投降后，韦韬从延安到了北平办《解放三人刊》，就是后来的《解放日报》。再后来到了华北联合大学，在政治系的一个班里任助理员，搞教学工作。

不过韦韬自己还是想继续做记者。

韦韬说，父亲从来没有替他设定过人生道路，唯一的一次干预是在沈阳：“那时候我找到了父亲的老朋友张闻天，提出要到工业区去。张闻天也同意了调我去重工业部门。不巧正赶上父亲来沈阳，从张闻天那儿听说了这事，就说现在搞记者不是很好吗？别让他去了。”

不久，《东北日报》一部分人南下，韦韬也跟着到了武汉，在《长江日报》担任记者。半年后，他从武汉回到北京，从此和新闻工作分开了。回北京后，韦韬学了一年的俄语，被调到外交部当翻译，但他没同意。于是去了南京军事学院，分配到研究部里面做刊物。“阴差阳错我当上了没有扛过枪的人民解放军，其实我搞军事工作完全是外行。”

1958年，韦韬调到位于北京近郊的高等军事学院。在以后的岁月中，韦韬一家一直伴随在父母的身边，慰藉着他们寂寞的生活，并且在“文革”之后帮助整理父亲的著作和资料。

1966年，“文革”开始，这种动乱也波及沈家。那段时间家里的不幸接踵而至，韦韬受审查，大女儿沈迈衡未成年就要上山下乡，妻子陈小曼不得不撇下出生才4个月的小女儿沈丹燕去干校。

1981年3月27日，茅盾逝世。他终究没能亲自完成自己的回忆录，写到1934年，仅完成了一半。“但父亲所做的准备工作却远远超出了这个年限，还有1976年留下的口述录音，给了我们勇气，使我们在父亲去世后，大胆地拿起笔，按照父亲的写作思路，续写完成了父亲的回忆录，了却了老人家生前未能实

2006年7月4日，韦韬手捧父亲茅盾的骨灰盒，把它与母亲的骨灰合葬于乌镇

现的心愿。”

韦韬说，到了晚年，他愿尽自己的一切力量为父亲做事。因此在茅盾去世后的30年里，他为父亲做了六件事：第一是建立茅盾故居，北京建一个，家乡桐乡乌镇也建了一个；第二件是续写完成了父亲的回忆录《我

走过的道路》；第三件是撰写出版了回忆父亲的几部书：《父亲茅盾的晚年》《我的父亲茅盾》等；第四件是出版《茅盾全集》，这个庞大的工程于2006年完成，共52卷，其中《茅盾全集》42卷，《茅盾译文全集》10卷；第五件是成立茅盾研究会，对父亲的作品和一生的活动进行研究；第六件是为父亲生前留下来的档案资料找到了很好的归宿，把它们移交给桐乡市档案馆保存。

韦韬感觉父亲是个沉默的人，一直不太管孩子，他和姐姐都是在“放羊”的状况下长大的。父亲对孙辈特别关爱，百依百顺，似乎想在第三代身上弥补当年未能在儿女身上倾注的爱。孙子沈伟宁有一天抱回一只花猫，担心大人不让在家里养，茅盾却很赞赏，还帮着找窝，训练猫在簸箕里排便。产小猫时，竟张罗着布置“产房”。孙女沈迈衡好静，喜欢看书，茅盾专门为她制订了自学计划，选了一些古诗文，用毛笔工整地誊抄下来，装订成册，耐心讲解。

不过，孩子们终究还是没人继承茅盾的事业。如今，沈迈衡与沈伟宁生活在美国，沈迈衡在美国一所大学教授中文，只有她的工作还与祖父相近。小女儿沈丹燕定居北京，从事广告传媒类工作，也与文学相去甚远。几年前，沈迈衡曾带着茅盾先生的重孙回到桐乡，感受这块祖辈魂牵梦萦的土地。

【对话】

在父亲心中，有那么一只雄鹰

记者：黄山书社将再版《茅盾全集》，这套书和已经出版的《茅盾全集》有哪些不同？具体什么时候会出版？

韦韬：目前完成了全书的80%左右，原本预计今年会出版，目前来看，可能会推迟到明年。新出版的《茅盾全集》会收录以前没有发现的一些译文，父亲的部分讲话稿，还有一些书信。比如父亲曾经与胡适有过书信往来，目前发现了4封，1921年3封，1923年1封。

其中有向胡适的约稿信，也有将《先锋》杂志寄给胡适交流的信件，这都是很珍贵的史料。

记者：2007年，您将茅盾先生的众多珍贵档案捐赠给了家乡，去年3月24日桐乡档案馆根据这批史料出版了《茅盾墨迹》，您也抱病来到了桐乡。当时将档案捐赠给家乡是出于什么考虑?

韦韬：将父亲的档案捐赠给家乡，了却了我一桩心事。我手中保存着父亲留下来的一些手稿、书籍和文物，这些东西自己保存显然行不通，我的子女也许还珍视，但到了孙子辈、曾孙辈会不会散失呢?这些东西中国现代文学馆保存了一部分，上海图书馆也保存了一部分，还有两个故居也保存了一部分。但剩下的大量资料究竟该存在哪里，我一直在考虑。2007年春节前夕，桐乡档案馆的同志到北京来拜年，提出能不能把这些东西放到家乡。我觉得这个主意不错。我到桐乡后发现，这里热爱茅公的氛围很浓，连小学生都对茅公有很好的理解。2006年，父亲的骨灰运回了家乡，如果档案也能回去，让桐乡成为研究茅公、关心茅公、保存茅公档案文物最好的地方，岂不是最好的结果。

我整理了两个月，竟然有6大箱。桐乡专门开车进京来接这批档案。听说他们在回去的路上小心翼翼，住宾馆时担心放在车里出意外，人拉肩扛，都搬进了房间。一个星期后，就加班加点整理清点出了目录。此外，还有我姐姐沈霞的日记、作文、信件、照片等。时间跨度从1925年至1981年，整整56年。能够把父亲的档案保存下来、利用起来，这是最让我感到欣慰的。

记者：茅盾先生在您眼里是一位怎样的父亲？

韦韬：中华人民共和国刚成立时，父亲出任文化部部长，但他内心的感受却是“不会做官也不想做官”。母亲更是希望能在西湖边买一套房子，让父亲安心写作。他一直有意识地远离特权。政府规定，给予高级干部特殊服务，但父亲却认为，凡是私人的需求，一律不能沾公家的光。他一般外出都不带秘书，生活起居由自己料理，公家配备的厨师，他也以“家里人口少”为由谢绝了。这样俭朴的生活，并不是来自生活的长期艰辛和困顿，而是对人世间贫富、贵贱、荣辱等都洞悉后，自觉选择的一种生活方式。

记者：他对你们下一代人有什么样的期望？

韦韬：“文革”期间，父亲曾给小钢（沈迈衡）讲过杜甫的诗《画鹰》。其中有一句“何当击凡鸟，毛血洒平芜”，他特地加了注解。这首诗题为《画鹰》，其实另有寓意。鹰，指的是那些有胆量、敢做敢为的人；“凡鸟”则指一些坏人。诗的大概意思是：敢做敢为的人，跟鹰一样，时候到了，就会飞到空中，搏击那些凡鸟似的坏人。杜甫写《画鹰》有寓意，父亲在那个时候选《画鹰》来教孙女，也有他的寓意。“何当击凡鸟”，在父亲心中，有那么一只迎风而立、展翅欲飞的雄鹰。这也让我们明白了，在他心中，忧患和欢乐是与国家的命运和前途紧密地联系在一起的。

（2012 年 7 月 27 日）

朱希祖后人：一门儿女各专家

陈　苏

【名片】

朱希祖（1879.2.1—1944.7.5）

海盐人，史学大师，建构中国史学教育体系。

朱希祖与夫人张维有六个子女：长子朱偰、长女朱倩、次女朱倓、次子朱侃、三子朱侨、四子朱倞。

他是章太炎的得意门生，是鲁迅的师兄。

他是史学家，尤专南明史，他制定中国最早的现代大学史学课程体系，使史学成为独立学科；他参与制定的历史档案整理三步法成为其他学术机构整理档案

1928年12月16日，朱希祖与夫人、子女全家福。坐者为朱希祖与夫人张维，站者左起：朱倞、朱侃、朱倓、朱偰、朱侨

的准绳；他参与规划史馆制度，撰文论述国史体例问题。

他是新文化运动的倡导者，参与制定中国最早的注音符号，积极撰文力推白话文、倡导新文化。他是《新青年》的重要撰稿人，也是中国现代文学史上第一个进步文学社团——文学研究会的发起者之一。

其子朱偰既是经济学家，也是历史学家。北有梁思成，南有朱偰。为保南京城墙，登高一呼，终换得中华门不倒。

今年8月，《朱希祖文集》出版，已出版6册，包括《朱希祖日记》、《朱希祖书信集》（包含诗歌和年谱）、《明季史料题跋》（外二种）和《中国史学通论史馆论议》，约180万字，文集全部约500万字，计划"十二五"之内完成，包括朱希祖文学史论丛、史学论丛等。

《朱希祖文集》的出版有着朱氏后人的努力与汗水，他们从2005年准备，2008年与中华书局签订协议。

9月19日上午，朱希祖孙女、朱偰女儿、北京工商大学机械自动化学院副教授朱元春，讲述了父子两代的史学传奇，以及这个家族与文史的不解之缘。

天地一书囚

不与人物接，不为山海游。终生伏几案，天地一书囚。

——朱希祖《自嘲》

“我没有见过祖父，对他的了解，都是长辈讲述，或者从他的文字里。”朱元春对祖父印象最深的是他的两首诗。“《自嘲》，‘不与人物接，不为山海游。终生伏几案，天地一书囚’。《咏松》，‘不与栋梁争效用，宁同桃李斗芳菲？深山自有千秋意，肯学虬龙孟浪飞’。祖父不热衷政治，也不热衷社交，只做学问，他就是个读书人。”

他做学问功夫下得深，爱书成痴，节衣缩食，不买田不买地，只买书。他的日记上有他的书账，有时，他竟花一半收入买书。“有篇日记恰巧记了年三十下午，家里来了一批要书账的，他一一付清。大年初一下午，他又带着全家去逛书店。”

朱希祖藏书丰富，最盛时达25万册，主要是南明史料和地方志，还有手稿。“张元济编辑史料曾求助于祖父。祖父很开明，‘子孙能继起则遗子孙，否则，可送存图书馆，犹得贻令名于不朽也’。”后来，这批书由朱偰捐给了北京图书馆和南京图书馆。

“祖父有民族气节，这是受老师章太炎的影响。”

九一八事变之前，朱希祖觉得要研究日本人的历史，要研究明代倭寇侵华的历史，他认为日本人一直有侵华野心。他在北京大学研究所国学门开这个课，别人不理解，没多久，九一八事变爆发了。“我听堂兄提及，抗战前，日本人曾想花重金买祖父的地方志，祖父拒绝了，地方志上常标有矿产、道路、水系，卖给你不是给你们侵略中国提供便利？这件事我没找到先人的文字记载。”

朱元春说祖父曾做了很多事情，但都很低调。他曾在北京大学极力主张通过公派留学生到国外学习外国历史。北伐前，北京大学经费得不到保证，公派留学生姚从吾和毛准经常断炊。“祖父让姚从吾写文章，他帮助修改发表，以稿费当生活费。有时他更是出钱贴补。姑母朱倓的日记上有记录。”

祖父是孝子。他自幼家贫，曾祖父在他十四五岁时就去世了，当时正在教他《左传》。“祖父从此不翻《左传》。”朱偰曾经回忆，当年“‘四书’‘五经’皆将读毕，独未及《春秋左传》，余尝窃怪之。中年入蜀，见先君《重庆日记》，谓‘忆余十四岁上半年，先君授余《左传》，详细讲解，甚有兴味。其年先君得病，至七月末竟弃养，以致余不克卒业《左传》，抱恨终天，常不忍温读《左传》。今录《左传》襄公十年幼时所读，如旧相识……’方知先君之不授余《左传》，盖有其隐恨在焉”。

“祖父有很强的包容力。他的研究面很宽广。小学文字应用学、考古、姓氏、断代史、地方志都有涉猎。他的一生对现代史学教育体系建立、新文化运动、国语注音、标点符号，都有贡献。他用力最深，也最为世人称道的是南明史研究，包括南明史料的搜集和辨析，其成果主要体现在史料题跋中。”

文史薪火传

叔皮有子述先人，又产曹昭笔有神，得月楼高钟秀甚，九原应喜看传薪。

——顾颉刚所撰朱希祖挽诗

“叔皮指史学家班彪，写《后传》，其子班固修《汉书》，女儿班昭完成哥哥未竟遗稿。顾颉刚以叔皮暗指祖父，班固暗指父亲朱偰，曹昭即班昭，暗指姑妈朱倓。”

朱偰是朱希祖长子，著名历史学家。今天，在南京，中华门依然矗立，这可说是朱偰以一顶右派帽子换来的。1956 年，时任江苏省文化局副局长的他，面对南京拆城墙风波，挺身而出，四处奔走呼吁，联合社会各界，保护南京明城墙。次年，他因此事被撤销职务，戴上右派帽子，更在“文革”中因迫害自杀。

“南京城墙，父亲付出的代价太大了，不仅政治前途，甚至身家性命。父亲太过耿直，他觉得应该有正义感，该坚持的要坚持。中华人民共和国成立前他写文章骂国民政府，骂黄金买卖，因此被蒋介石召见。他觉得作为文人，这是我的良心，我应该这么说。这可能也是我们家人共同的性格，做事认真，一是一、二是二。”

朱元春觉得这与父亲受的教育有关。朱偰曾专门撰文回忆父亲如何教育他。“余幼受庭训，未入小学，先君于课馆之暇，常躬自授读，谆谆教诲，期望良殷……

余年十一，始受读《楚辞》《文选》；先君更于课余灯下，亲为讲解《史记》，至《伯夷传》，尝问余姊弟曰：‘贾子谓贪夫殉财，烈士殉名，夸者死权，众庶冯生。太史公则云君子疾殁世而名不称焉。尔等试各言其志。’余侃侃陈辞：殉财殉名，皆非所好，争权夺利，更所鄙弃；窃慕君子疾殁世而名不称，愿以德行学问自勉。”朱偰的回答得到父亲赞赏，他也颇受鼓励，“自此更立志自奋，《史记》读毕，即遵先君之命自修《资治通鉴》《续通鉴长编》《明通鉴》，下及《东华录》《东华续录》……”朱元春记得父亲晚年曾回忆：“那时我佩服鲁仲连，功成不居；我爱好乐毅，君子交绝不出恶声；我喜欢荆轲、聂政，支持正义，剪除强暴。那时我立志要做一个大丈夫，干一番伟大的事业。”

父亲受祖父影响非常大，热爱民族国家、热爱中国传统文化、治学严谨、热爱家乡。“最重要的当然是对文史的热爱，父亲专业是经济，但史学是家传。父亲和两位姑妈都没上小学，祖父亲自教授。父亲中国传统文化功底很扎实，常常走着路诗就作出来了。”

朱希祖六子女，除了朱偰继承衣钵，次女朱倓也对南明史颇有研究，曾写过《班昭》。她毕业于北京大学研究所国学门，曾任广州市中山图书馆馆长，是当时颇有名气的“女中英杰”，建立广州首个妇女联合会，也是著名史学家罗香林的夫人。

一起听朱希祖讲课的还有大姐朱倩。“大姑妈学问非常好,可惜15岁夭折。祖父一心想把她培养成李清照、班昭般的人物，她十岁属文，已清新可诵。”

朱希祖另外三子女，朱侃、朱侨和朱倞虽未继承父亲衣钵，但在各自领域学有所长。次子朱侃就读于北京大学农学院，后为贵州省农林厅高级工程师，曾是全国第三届人大代表；三子朱侨毕业于北京大学经济系；四子朱倞1944年于中央大学地理系毕业，曾在远征军当翻译。

朱元春这一代，也有人从事文史研究。“二姑妈的长子罗文，哈佛大学毕业，是佛罗里达大学历史系退休教授，从事蒙古史研究。”

除此之外，朱氏后人虽无继承家学者，但大多各擅其能。

朱偰有两位夫人，10个子女。“大姐朱元晔20世纪50年代初参军，做空军地勤；二姐朱元昱是田径教练，曾破过全国800米纪录。”朱元春曾获国家科技进步奖二等奖，“‘文革’前我已上大学，弟妹都赶上‘文革’。恢复高考后，妹妹朱元智考取包头师范学院数学系，是江苏省戏剧学校老师，小弟朱元曙考取南京师范大学中文系，是南京梅园中学副校长”。朱元春兄妹受家学熏陶，喜欢文史。“父亲不望子成龙，只是启发我们独立思考。他给我们讲诗歌，说他的父亲告诉他读诗要探本求源，直追汉魏，切不可与齐梁作后尘，他也经常和我们说文史。”

“朱侃、朱侨、朱倞的孩子所学都与文史无关。朱倓有四子一女，除三子罗成夭折外，次子罗武是美国医学科学院院士，四子罗康是香港一中学校长，女儿罗渝是神学博士。”

朱家第四代所学五花八门，“朱元曙儿子朱乐川毕业于南京师范大学中文系，古代汉语博士在读，研究同源词。与文史沾点边”。

近年，朱氏后人最大的事就是整理《朱希祖文集》。主要参与者是朱元春、朱元曙父子和朱元智。“其实《朱希祖文集》我父亲在‘文革’前就开始整理，已整理好的有四本，中华书局出了两本，另两本搁浅。”现在文集中的书信、诗歌、日记、年谱多为朱氏后人整理，“主要是朱元曙父子在整理”。朱元春也参与了一些资料的整理，“《明季史料题跋》，82篇跋文，这次出版增加的49篇，都是我们提供资料，承担校订工作，《朱偰日记》我和朱元智整理，《朱倩日记》我在整理”。

【对话】

“祖父与父亲的命运是20世纪知识分子的命运”

记者：整理《朱希祖文集》遇到了哪些困难？

朱元春：文集出版十分不易。祖父在北京大学之前的资料太少，日记只剩十一二年，特别是在北京20年的日记，只剩几个月，我们常要在别人的回忆、日记、年谱、书信、报纸、北大校史、清华校史、辅仁校史中去找。国家图书馆存有父亲捐赠的祖父手稿，36 个大纸口袋，2003 年为搜集资料，我花了整整 10 天抄写。现在文集是在姑父、父亲及朱季海整理的基础上，包括新发现的一两百篇。中华人民共和国成立后，学界对朱氏父子重视不够，近几年对祖父的研究多起来。我和妹妹都不是文史专业，祖父的文章动不动就是《史记》

朱希祖孙女朱元春接受《嘉兴日报》记者采访（摄影　许金艳）

《后汉书》，时代名、地名、人名、书名我们都不清楚，还有繁体字、异体字、断句，这对我们来说都是难点。

记者：整理过程中，有何感悟？

朱元春：祖父与父亲的命运是20世纪知识分子的命运，他们的遭遇和苦难，也是这个国家的遭遇和国难。我的精神家园就是整理他们的手稿，这是先人留给我们的任务，就像《诗经·小雅·小宛》说："夙兴夜寐，无忝尔所生"，不要辜负生你养你的父母。我希望把他们的文字整理出来，为社会做贡献。这是我的愿望。

记者：未来还有什么出版计划？

朱元春：《朱希祖年谱长编》，朱元曙父子已编好，并和中华书局签了出版合同。我还想做《朱偰文集》，包括日记、游记、文学论著、考古论著、经济学论著。

我想编《朱氏父子与故乡海盐》。用他们的语言、文章、日记、诗作来表明他们对故乡"虽九死而犹未悔"的深情。他们口中的海盐钟灵毓秀，人杰地灵，他们对故乡文献和历史十分热衷，想方设法搜集，从不吝啬，每次回海盐都买一大包。我专门整理了祖父搜集的海盐文献，有好几百种。祖父曾写过《海盐文献源流》《明海盐小瀛洲诗社考》。祖父说过最动情的话是，吾魂魄犹思故乡。父亲的《美丽的故乡》《故乡散记》，写得十分动情。我是在他们对家乡爱的氛围中长大的。

记者：您父亲曾与祖父一起查勘南京附近的陵墓，除此之外，他们还有其他共同的学术行为吗？

朱元春：这是父子俩唯一的共同行动。1934 年，祖父任南京中央大学史学系主任，父亲是经济系主任，两人对南京及其周边地区的古迹尤其是六朝陵墓进行调查。举凡史乘记载所及，野老传闻所到，无不按图索骥，遍加访问，并按照西方考察方法，所到之处均拍照测量。实地调查 14 次，历时 3 年，骑马、露宿，很辛苦。父亲在朝天宫拍照还被军警抓过。

考察后，祖父主编《六朝陵墓调查报告》，父亲编撰《金陵古迹图考》《建康兰陵六朝陵墓图考》《金陵古迹名胜影集》。

记者：您觉得父亲有哪些成就？

朱元春：他写了 40 本书，写作是他的生存方式，包含文学、史学、财政金融诸多领域。改革开放以来，父亲的13册著作出版，包括再版和纪念文集。他写的有关南京、北京的图考很有价值，人物传记《杜少陵评传》《玄奘西游记》中华书局曾再版，他的散文诗歌有独到之处，金融财政也有建树，所著《所得税发达史》，黄仁宇写《万历十五年》时曾借鉴。

记者：您父亲还是经济学家，有不少专著。他喜欢文史，为何却学经济？

朱元春：父亲喜欢文史，最好文艺，他受西方教育，喜欢摄影、旅行、写游记和散文，最佩服徐霞客。在北京大学他学政治经济学，在柏林大学修经济，他曾撰文："所以未改学文学者，因一向认为艺术方面，以天才为第一，非强学所可几及……惟于课余之暇，从事文艺素养……"他在北京大学常去听历史系的课，在德国也修过经济史。

记者：您祖父与同乡张元济相交颇深，据说张元济编辑《四库丛刊》以及《槜李文系》，两人交流颇多？

朱元春：祖父和张元济私交颇深。我们整理的祖父来往书信中，以“与张元济论学尺牍”最多，共156通（包括张元济来函），其中数封是交流《四库丛刊》和《槜李文系》的。

（2012年10月12日）

徐志摩后人：志摩后人，轻轻的来

沈秀红

【名片】

徐志摩（1897.1.15—1931.11.19）

原名章垿，浙江海宁人。中国现代著名诗人、散文家，新月派诗歌的灵魂人物。

徐志摩与原配夫人张幼仪育有二子，长子徐积锴，幼子徐德生（3岁早夭）。徐积锴生有三女一子：徐稘、徐放、徐行和徐善曾。

2012年9月5日下午3时许，徐善曾和大姐徐稘

徐志摩

悄然现身海宁硖石徐志摩故居。近几年他们多次回到故里，这是他们2012年的第三次回乡。

对徐志摩来说，2012年是个比较特殊的年份：2012年1月15日是他115周岁诞辰；海宁市政府投入百万元资金对徐志摩故居重新布展；11月17日至19日，在徐志摩逝世81周年之际，海宁市举办第三届徐志摩诗歌节，徐志摩故居也于18日正式重新开放，而中央电视台与海宁市政府联合摄制的大型文化纪录片《徐志摩》同时举行首播仪式。

徐善曾此行，是应邀到徐志摩故居拍摄纪录片《徐志摩》的部分镜头。此前，徐善曾随中央电视台摄制组远赴英伦，帮助摄制组找到徐志摩当年生活和学习过的地方，和可能激发他写作灵感的田园景色。

徐志摩后人每次回海宁，都极为低调，不愿惊扰他人，不由让人想到徐志摩的诗句："轻轻的我走了，正如我轻轻的来。"

一直以来保持低调神秘的徐志摩孙辈——徐棋、徐放、徐行和徐善曾，这次在徐志摩故居集体亮相——他们的精彩人生构成了重新布展后于9月28日试开放的徐志摩故居一个新增展览板块。

这是徐志摩后人的首次"高调"亮相。

此前，坊间对徐志摩子嗣不甚明了，多有讹传。2011年，徐志摩故居方面与远在美国的徐志摩嫡孙取得联系后，双方进行了长时间沟通，最终故居的重新布展得到了他们的全力支持。

徐志摩后人都在美国接受良好教育，四个嫡孙均在各自的领域有着不俗的表现。

早年，徐申如，这位海宁经济发展和现代化的先驱，曾希望儿子能承继父业，不承想儿子却偏偏喜欢上了诗歌。时光荏苒，他的曾孙却追随他，在商界表现出异于常人的禀赋。有人风趣地说，这大概是另一种“隔代遗传”。

那么，徐志摩的衣钵有无人承继？《江南周末》记者通过电邮，与远在美国的徐善曾先生取得了联系。

“我对父亲的印象说不上来”

长脸，同样架着黑边眼镜，隆起的鼻子，抿着的宽嘴和长下巴。许多人发现，年轻时的徐善曾与祖父徐志摩有着一样清秀俊逸的外表。

而徐善曾的父亲徐积锴（小名阿欢）长得似乎更像

母亲张幼仪。1918 年 3 月，徐积锴生于海宁硖石徐氏老屋。他的出生将张幼仪和徐志摩颇具影响力的两个大家庭结合在一起。徐积锴的外祖父家是上海宝山县的望族，张家兄弟在 20 世纪初的中国政治、学术和银行界扮演了极其重要的角色。

1918 年 8 月，儿子阿欢 5 个月大的时候，徐志摩远赴美国，于 1919 年在克拉克大学获得第二个本科学位，并于 1920 年在哥伦比亚大学获得政治科学硕士学位。他于 1920 年转赴英国留学，寻找新的学习环境和他甚为崇拜的英国哲学家罗素，并入伦敦政治经济学院继续学习政治科学。不久，经人介绍他认识了英国作家狄更生，并通过狄更生，以特别生的资格进入剑桥大学皇家学院。留学期间他经常写信给父母询问儿子的成长情况。1921 年他开始创作新诗。回到国内后他继续创作诗歌，名声大震，后来成为新月派诗歌的灵魂人物。

1931 年 11 月 19 日，徐志摩飞机失事时，徐积锴还是一个 13 岁的少年。事发后他和家人一起赴济南奔丧。

1935年，徐积锴认识了张粹文，他们于1938年结婚，随后养育了三个女儿和一个儿子：徐稘、徐放、徐行和徐善曾。

因为从小与父亲聚少离多，徐积锴对父亲的印象显得零星甚至模糊。一次在接受媒体采访时，他说“我对父亲的印象说不上来”。他只记得9岁以前父亲曾陪他踢足球。

为了更好地了解父亲，徐积锴与父亲的老友胡适、梁实秋、顾维钧和孔祥熙的后人均有来往。听了这些老一辈的学者和朋友讲述的逸事，父亲的形象在他心里一点点清晰并丰满起来。他开始欣赏父亲在文学上所做的贡献。

徐德生（英文名彼得）是徐志摩与张幼仪的次子，1922年2月生于德国。徐志摩在他出生3个多月时曾在医院见过他一次。再见时，刚满3岁的德生已化为锡瓶里的一撮遗灰。1926年夏，张幼仪将他的骨灰带回硖石安葬。事隔多年，徐志摩满怀复杂的情感写下《我的彼得》一文怀念这个只见过一次的儿子。

如今，徐德生的墓就在海宁西山徐志摩墓下方，碑铭由梁启超题写。徐志摩的墓原来与德生墓有一段距离，1997年因城市建设需改迁，徐氏宗亲决定把它迁到徐志摩墓园，从此“父子相依”。

当时，徐志摩长子徐积锴及其子女都在美国，陪伴在张幼仪身边。

“他和奶奶是一个银币的两面”

徐积锴1941年毕业于上海交通大学土木工程系。母亲安排他像当年他的父亲徐志摩一样到美国留学。

1947年12月，29岁的徐积锴和张粹文将当时分别只有7岁、3岁、2岁和1岁大的4个孩子托付给在上海的母亲张幼仪，来到美国。他们计划完成学业后回到海宁管理家族企业。

在纽约，徐积锴白天供职于一家名为宇宙贸易的进出口公司，晚上刻苦攻读商科。一开始他入读的正是父亲徐志摩当年就读的那所著名大学——哥伦比亚大学。

而张粹文在特拉法根设计学院学习时装设计。

20世纪40年代末期的中国动荡不安。1949年，张幼仪将4个孩子带到了香港，以期让他们早日与父母团聚。1952年，美国移民局终于批准了4个孩子的移民签证，但张幼仪却被拒签，不得不滞留在香港。她在香港通过书信与他们保持联系，每一封信里都带着她对孙辈的无限慈爱。“我们之间的纽带十分牢固。”徐善曾说：“我与她仅仅一起生活了我人生开头的6年，但她对我们所有人都产生了毕生的影响。”

徐善曾正是通过张幼仪了解祖父徐志摩。“每当祖母提到祖父时，她总是尽可能地回忆。她经历了这么多苦难，但是到最后，他们还是作为朋友相互尊重和钦佩。她对他们之间发生的事情是冷静的。”

在长孙女徐穓眼里，奶奶张幼仪是一个非常务实的人，爷爷徐志摩则是一个御风而行的天才，不食人间烟火的赤子。“他和奶奶是一个银币的两面。一个是诗性，一个是实践性。他们共同的地方是永不放弃。”

“每个人应当寻找属于自己的热情”

徐积锴并没有父亲徐志摩对文学的那份热情，但他在写作方面表现出了鲜为人知的天赋。

徐积锴出生百日“抓阄”抓的是徐志摩的毛笔，令祖父徐申如大喜：“又是一个读书人！我们家孙子将来要用铁笔！”（“铁笔”指官府重要文告）

徐老太爷希望孙子从政入仕，可徐积锴却对文学完全没兴趣。在美国，他也读中文书，据说最爱的是张恨水的言情小说。他坦承：“我对文学是一窍不通。徐志摩的儿子不会作诗。”

2004年年初，徐积锴在接受台湾《联合报》记者采访时表示，自己一生靠母亲，不靠父亲。母亲对他影响终生。

徐积锴擅长数学并对工程学怀有兴趣。他于1955年获得了布鲁克林理工学院的土木工程硕士学位，后来成为纽约港务局的工程师，专管机场、隧道和桥梁。

他给人的印象沉静而羞涩，温文尔雅，充满书卷气。

1962 年徐家全家福，坐者为张粹文（左）和张幼仪，后排左起分别为徐善曾、徐放、徐行、徐祺、徐积锴（徐善曾供图）

1953 年，有人给独居香港的张幼仪介绍了一个住在同栋大楼里的医生苏先生。幼仪去信征求儿子意见。徐积锴是这样给母亲回信的：

“母孀居守节，逾 30 年，生我抚我，鞠我育我，劬劳之恩，昊天罔极。今幸粗有树立，且能自赡。诸孙长成，全出母训……去日苦多，来日苦少，综母生平，殊少欢愉。母职已尽，母心宜慰，谁慰母氏？谁伴母氏？母如得人，儿请父事。”

信并不长，但字字浸满孝顺体谅，感情真挚，文采卓越，令张幼仪百感交集，倍感骄傲：“我儿子迁居美国以后，从事的是土木工程的行业，可是他写那封信以后，每个读信的人都说，从那封信看得出来他是徐志摩的儿子。”（张邦梅《小脚与西服》）

1972 年，苏医生去世。1974 年，她搬到美国与儿子徐积锴一家人在纽约团聚。

1989 年，88 岁的张幼仪在纽约去世，徐积锴悲痛万分。

徐积锴也曾努力留存父亲的作品。20 世纪 60 年代，中国大陆正逢“文革”，徐志摩作品在内地几近绝迹。在台湾的梁实秋和蒋复璁想编辑出版徐志摩作品全集，得到张幼仪和徐积锴的全力支持。徐积锴为此专程赶到台湾，并在美国各大学图书馆搜集徐志摩作品。1969 年，由梁实秋和蒋复璁任主编的 6 辑本《徐志摩全集》出版。“这是问世最早的徐志摩诗文全集。”（韩石山《徐

志摩传》)

“徐积锴对他父亲的事情态度很开明，当时台湾要拍《人间四月天》，湖南也想拍有关徐志摩的东西，徐积锴都表示：你们大胆拍。他并不干涉和反对。”海宁市徐志摩研究会会长章景曙回忆，他见过徐积锴两次，1997年清明节徐积锴带子女4人回海宁扫墓时，考虑到“因我年老，以后不便再去”（1999年9月15日徐积锴致韩石山信），便把干河街的老房子捐赠给了海宁市政府，这便是现在的徐志摩故居。

20世纪80年代后，徐积锴多次携子女回海宁扫墓祭祖。在很多人的记忆里，1997年是徐积锴的最后一次回乡。

2007年，90岁的徐积锴在美国去世。

忆起父亲的性格，徐善曾说：“他是一个时而严肃，时而幽默的人。他很谦虚，生活简单，有些孤僻，但总是考虑周到，并乐意帮助朋友。由于他要抚养4个孩子，所以他需要十分细心地管理他有限的资产，但总是慷慨乐施，帮助那些比他穷一些的人。”他极为努力地工作，以此来表达他对家庭的关爱。他曾一度同时兼两份工作，晚上还去研究院进修。

“可以说，我们的父子关系就像许多20世纪50年代移民美国家庭一样。”徐善曾说，“我从来不惧怕他，但是我深深地敬重他。”

说起父亲与祖父徐志摩之间的关系时，徐善曾说：“我的父亲非常钦佩并尊重他的父亲作为一个诗人所取得的成就。但是他也有自己的想法和天赋。要问为什么我的父亲不也成为一个诗人是有些不公平的。今天有多少子女长大后从事他们父亲或母亲一样的事业？如果徐志摩继承了他父亲的事业，那么我们就永远欣赏不到他的诗歌了。重要的是，每个人应当寻找属于自己的热情。”

为祖父立传的动力

徐善曾在他家位于纽约的一处简陋的住宅中长大，老宅餐厅的玻璃柜里摆放着一张祖父的镜框相片。在这张照片上，徐志摩穿着一件丝绸夹袍，戴着圆框眼镜，这和他的孙子常常穿的体恤衫和牛仔裤形成了鲜明的对比。“当我还是一个孩子的时候，我时常会盯着他的脸，默默地请求他跟我讲讲他的一生。”徐善曾说，“他在我出生的15年前就已经去世了。”

这份幼时的好奇导致他深深地尊重并崇拜他祖父在他短暂一生里所取得的成就。徐善曾佩服祖父的文学对中国的影响，以及他丰富的生活阅历。

当还是密歇根大学物理和工程学的一名学生时，徐善曾就开始搜集祖父的资料。这些年来，他的兴趣有增无减。为祖父立传的想法不停酝酿发酵。

1997年，徐善曾跟随父亲一起到海宁，章景曙发现他话很少，但对祖父的事迹很关心，详细询问了关于徐志摩《府中日记》遗失又找回一事。

此后，徐善曾多次携家人回海宁。2012年6月，应邀在济南参加了徐志摩研讨会后，徐善曾、徐行一行再次回海宁。他们先后到殳山和西山祭扫了徐申如墓和徐志摩墓，还踏访了新近发现的徐志摩东山墓葬旧址。

徐志摩墓葬旧址是海宁资深“摩丝”张云鹏在硖石东山东面一个半山坡发现的，当年徐志摩就葬在这里，“文革”时墓被毁，后来徐志摩墓被移建于西山。他们看到的东山旧墓址一片碎石乱砖，唯剩两根疑似用于祭台的方形石柱，无声地诉说着什么。

在徐志摩故居，徐善曾一行详细询问了祖父在海宁的很多情况，向徐志摩故居赠送了一组十多张家的老照片和两件纪念品。纪念品是一座水晶徐志摩像和一个剑桥大学专门为纪念徐志摩定做的限量瓷盘，上面都刻着徐志摩《再别康桥》里的诗句：“轻轻的我走了，正如我轻轻的来。我挥一挥衣袖，不带走一片云彩。”

回到美国后，徐善曾迅速通过联邦专递寄来书信，希望祖父在东山的墓葬旧址能得到妥善保护。很快，政府部门做出积极反应，徐志摩东山墓葬旧址被保护了起来。

在耶鲁大学，徐善曾取得了3个学位：理工硕士学位、哲学硕士学位和应用物理博士学位。他还有密歇根大学的一个电子工程学士学位。

他最初在华盛顿的美国原子能委员会工作，后来在纽波特公司（一个激光技术公司）担任执行管理部门的高级管理，前后工作了13年。

20世纪90年代末，徐善曾成为Tech Coast Angels机构的创始人之一。这个机构致力于发展成功的风投科技公司。徐善曾的转行从商十分成功。

徐善曾的妻子包舜，学习时装设计专业，是一名纽约的儿童时装和布料设计师。他们有一个女儿，徐文慈。

徐善曾本来计划在2013年初完成祖父传记的首稿，但进展似乎没有预想的那么顺利。这一工作对任何人来说都是一项挑战，何况徐善曾没有文科背景，而且他受的教育都是英文的，他只能依赖英文翻译来阅读祖父的诗歌和有关他生活的文稿。

过去几年，徐善曾满世界地搜集祖父遗留的资料，拜访他学习和生活过及那些对他产生重大影响的地方。这其中包括英国、印度、俄国及中国的许多城市。

徐志摩的孙辈不断回到中国，探寻祖父的遗迹。这是给予他们欢乐和骄傲的一种探险，让他们得以更深入地了解他们传奇般的诗人祖父。

三个孙女个个才华出众

徐善曾的三个姐姐同样才华出众，并在各自不同的领域有所建树。

大姐徐稘一向对数字和金融感兴趣。她在纽约大学学习了应用数学并获取工商管理硕士学位，专长是运筹学和经济学。在其后的30年里，她在计算机工业（IBM）、航空业（美国航空公司）和华尔街金融投资业（Donaldson，Lufkin & Jenrette）分别工作了10年。在美国航空公司工作期间，她对导航工作特别感兴趣，运用其所学的有关航空预定系统的知识，监测航班盈利，设计机场终点站。航空公司的工作还给了她周游列国的机会，就如同当年她祖父徐志摩所热爱向往的一样，她因此游览了世界各地的古文化。

被认为与祖父长得颇像的徐稘，同样对飞行有着浓厚的兴趣，她学会了飞行驾驶。

徐稘生有一子，金昌润。

二姐徐放是一名艺术家和设计师。她毕业于纽约普拉特学院的室内设计专业。此后她曾任职于纽约、波士顿和香港等的多个建筑设计公司。退休后，她担任其公公开设的基金会董事长，扩大了基金会的资助范畴以帮助改善世界各地贫困儿童的健康、教育和生存环境。现基金会已经在中国（包括香港）、泰国、印度和美国为儿童建立了小学、宿舍、卫生设施并进行其他教育资助。在中国，基金会已在江苏、广西、云南和安徽提供了大量的慈善资助。

张幼仪一直以来鼓励她的孙辈帮助那些需要帮助的人。孙女徐放实现了她的这个理想。

徐放生有两子，支世杰和支世烈。

三姐徐行从事的是教育。她在取得南加州大学教育博士学位之前，曾在幼稚园、小学和中学教书。取得博士学位后，她成为加州州立大学奇科分校的教授兼 Tri-Placement Teacher Preparation 项目的主任。她的指导项目包括帮助从幼稚园到高中的教师取得资格证书。她热衷于帮助年轻学生，并乐于和在经济和教育背景上处于弱势的学生群体分享她的工作热情。

她的祖母张幼仪曾希望回到海宁开办一所女子学校，让女性获得同等的教育机会。徐行实现了祖母的这一梦想。

徐行生有一对孪生儿子，毛显孟和毛显伟。

徐家后人十分重视祭祖。自1990年以来，徐志摩第四代后人已经多次回到海宁。2012年7月，徐志摩第五代后人开始沿袭祭祖的家风。徐行和毛昭宸的儿子毛显孟携带妻子马材珠及两个儿子，10岁的毛贤杰和9岁的毛贤睿参观了徐志摩故居，并到徐申如和徐志摩的墓前祭拜。

【对话】

“想象一下，你有个祖父是希腊人”

2017年4月15日晚上，在杭州，记者就徐善曾先生为祖父写的英文版传记 *Chasing The Modern*（《志在摩登》）及其他采访了他。

《江南周末》：为什么给这本书取这个书名？

徐善曾：这本书是写给英文读者的。主要想以一个与众不同的视角来展示祖父徐志摩，也是向读者展示一个迈向摩登的中国。如果把标题换成《徐志摩的一生》或《徐志摩生平》，那没有读者会感兴趣。当然这里面还有一个比较微妙的地方，如果把英文书名改成中文书名，就得稍微改一下，因为中英文读者感兴趣的点不同。如果改成中文名，书名或许会改成《我是天空中的一片云》，因为这句诗在中国非常有名，再加一个副题：我的祖父徐志摩。但那样的话，或许我该找一个好的传记作家来写。封面画像也可能换成一个西装革履的徐志摩。

《江南周末》：您是否有出中文版的打算？

徐善曾：这取决于我什么时候找到那个传记作家。

《江南周末》：但这就不是您自己的书了。如果把您现在的这本书翻译成中文版，应该在中国也会受欢迎。

2017 年 4 月，徐善曾携夫人和女儿回海宁祭扫祖父徐志摩之墓

徐善曾：也许你说的是对的。翻译会带上自己的情感，也许他会翻译得非常好。

《江南周末》：那您还准备写吗？

徐善曾：徐志摩在中国已经被写得太多了。如果写，我不知道有什么与众不同的角度。读者必须理解我所面临的挑战。这本书中我写到了徐志摩的几个非常有影响力的导师，像泰戈尔、罗素，还写了一些我祖母的故事。另外，中文读者也许是知道中国那段历史的……像这些元素，在写作时都要考虑进去。

《江南周末》：写《志在摩登》这本书，对您来说最大的困难是什么？

徐善曾：最大的困难是，有那么多的材料得消化吸收，而且绝大多数是中文的。想象一下，你有个祖父是希腊人。

还有一个问题，当我去参加会议时，大家问得最多的，是关于陆小曼和林徽因的问题。

最有趣的是，为了写这本书，我沿着祖父的足迹游历了那么多地方，遇到了那么多人，他们都与祖父有这样那样的联系。

《江南周末》：关于徐志摩生命中的4个女人，您昨天接受媒体采访时的回答很坦率，在书中写到她们也比较客观理性。写这本书前后，您对她们的看法有改变吗？

徐善曾：我不认为我对她们的看法有改变。从头到尾我对她们都没有先入为主。因为写作不应该带任何成见，而应该持一种开放的态度。

《江南周末》：对您的祖父，这本书创作前后，您对他的认识是否有所不同？

徐善曾：这个问题我在今天下午的演讲中有所提及。我发现，祖父对祖母不太上心。祖父其实很早就知道，这不是他想要的婚姻。离婚后在相处过程中祖父对祖母反而产生了更多的敬意。我们家族至今保留着他们离婚后相互写的信，信中他们明显表现出相互之间的尊重。这些信从未公之于众。这并不是因为有什么不能见人的内容。

《江南周末》：这些信如果能够整理出版就好了。你们有这个打算吗？

徐善曾：我可以尝试，但首先得确保我能通读这些信。现在我还无法读懂这些信，它们都是中文的。

《江南周末》：还有一个问题，或许比较敏感，如果您不愿意，可以不回答。国内学界有一种声音，说陆小曼临终前希望死后能与志摩合葬，应该帮她实现这个夙愿。想听听您的想法。

徐善曾：其实我从来没机会来理解这种诉求。应该有一封父亲写给海宁市政府的信，不知你是否看到过，父亲在信中表达过不想我祖父与陆小曼合葬的意愿。非常自然的，我们这边不赞成他们合葬。我是学物理的，受过良好专业训练，事情总是要从两面来看，从而做出决定，为什么这样做，或者不这样做。我非常理解那些希望他们合葬的诉求。

（本文综合自 2012 年 11 月 16 日和 2017 年 4 月 21 日报道）

穆旦后人：父亲在世时，我们不知道他是穆旦

陈　苏

【名片】

穆旦(1918.4.5—1977.2.26)

原名查良铮，生于天津，祖籍海宁，中国现代诗歌第一人，著名诗歌翻译家。

穆旦与夫人著名生物学家周与良育有四个子女：长子查英传、次子查明传、长女查瑗、次女查平。

15岁时，他拆“查”取谐音，用笔名穆旦，发表诗歌。他弃文从军，参加“中国远征军”，投身缅甸抗日战场，

1965 年秋查良铮、周与良夫妇与子女（前排左起：查瑗、查平、查明传和查英传）合影于天津，这是全家最后一次合影

困在原始森林野人山，断粮 8 天。

无论是穆旦，还是查良铮，在儿子查英传心中，父亲是个“为理想活着，而津津有味”的人。

“现在想来，他的人生哲学就是将信仰努力落实在行动上。他认定要做的事情，即便看不到对自己有何直接的好处，也会拼命去做。”查英传说。

诗人穆旦：拳拳爱国心

直到他逝世后，我们才逐渐知道，父亲一生追求光明和正义，对祖国和人民有着深沉的爱。自少年时代起，他就关心国家的前途，体念人民大众的疾苦，写诗著文歌颂祖国和人民；在国家危难之际，他又离开大学讲台，毅然登上缅甸抗日战场……新中国成立之后，当时在美国的父亲和母亲，谢绝了亲朋的挽留和邀请，克服了重重阻拦，毅然回国参加国家建设……这些都是父亲一颗爱国赤子之心的最好写照。

——穆旦之子1987年撰文《忆父亲》

1987年2月，穆旦逝世10周年，查英传和弟妹联袂撰文《忆父亲》：1973年，父亲老友、美籍华人王宪忠来访，受到贵宾般的招待，“我们议论这件事时，流露出抱怨情绪”。当时，穆旦已出“牛棚”，但每天依然要“自愿”打扫厕所。“一天，他把我们叫到一起，问我们是不是羡慕美国的物质生活。他对我们说：‘物质不能代表一切,人不能像动物一样活着,要有抱负。’”

“1958年以后，父亲虽然受到不公正对待，但他丝毫没有产生从美国回来的后悔。他只是想通过认真学习，努力劳动，深刻反省，能把自己改造成新人，能够重新用他的译笔为广大读者服务。遗憾的是，父亲的愿望在他生前未能如愿，1959年以后，他再也没能看到自己的译诗出版。”

查英传在电子邮件中说：“父亲1942年3月离开西南联合大学英语教师职位，参加中国国民革命军第五军入缅抗日，任随军翻译。与军部参谋长罗友伦在古代和欧美诗歌上很谈得来，缅甸战后回国得到罗的就业帮助。”查英传觉得这是父亲在1959年被监督改造，并定为历史反革命的原因。“我在业余时间一直关注中国抗日远征军的历史和近来的纪念活动，并与当年参战军人后代保持联系。”他注意到近年来云南纪念抗日远征军活动，父亲1945年为远征军5万死亡将士写的《森林之魅·祭歌》被引用：

在阴暗的树下，在激流的水边，
逝去的六月和七月，在无人的山间，
你们的身体还挣扎着想要回返，
而无名的野花已在头上开满。

那刻骨的饥饿，那山洪的冲击，
那毒虫的啮咬和痛楚的夜晚，
你们受不了要向人讲述，
如今却是欣欣的树木把一切遗忘。

过去的是你们对死的抗争，
你们死去为了要活的人们生存，
那白热的纷争还没有停止，
你们却在森林的周期内，不再听闻。

静静的，在那被遗忘的山坡上，
还下着密雨，还吹着细风，

没有人知道历史曾在此走过，

留下了英灵化入树干而滋生。

穆旦的诗是中华民族在抗战中最真实的身影，苦难和忧患孕育了穆旦的诗。而穆旦诗中的血性、汗味、泥土和干草味，也将他对祖国深沉的爱，烙印在儿女心中。

翻译家查良铮：沥血译《唐璜》

1985 年 5 月 28 日，一个雨后的上午，我们把父亲的骨灰安放在香山脚下万安公墓的一块朴素无华的刻着“诗人穆旦之墓”6 字的墓碑下，墓室中同葬的，还有一部《唐璜》。我们心中轻轻地说：爸爸，您安息吧，让《唐璜》陪伴着您……

——穆旦之子 1987 年撰文《忆父亲》

英传和弟妹记着父亲最后的日子：“嘱咐我们保存的唯一遗物，是一只帆布小提箱。他在入院前几天，曾对小平（注：最小的女儿查平）说：‘你最小，希望你好好保存这些译稿。也许要等你老了才可能出版。’”

箱子里整整齐齐放满译稿，“每部译稿的封页都清楚标明了题目或是哪一部译稿的注释”。其中，最大最厚的是《唐璜》和《唐璜注释》。“这部千余页的译稿虽然纸张粗糙且灰黄，但文字工整，有许多修改，封页上有一行字：‘1972年8月7日起3次修改，距初译约11年矣。’”

1962年，早已抛舍“穆旦”诗人身份的查良铮，开始这一生“耗工费时最巨，花费心血最多”的《唐璜》翻译。

他在南开大学图书馆做职员，白天劳动，翻译几乎占据所有休息时间。3年后，他沥尽心血，终于完成却逢“文革”。此后，他多次修改《唐璜》。儿女们《忆父亲》，“父亲在天津郊区的大苏庄劳改……父亲可以每隔一周回家休息两天。在这两天时间里，他除了为我们采购一些生活必需品之外，全部用来译诗。在那间闷热的、挤得满满的小屋子的一角，堆放有酱油瓶和饭锅的书桌就是他工作的地方。晚上我们都休息了，一盏小台灯仍伴着他工作到很晚”。

1973年，查良铮终于将《唐璜》全部整理、修改、注释完毕，写信询问能否出版，收到“寄来看看”的回信，“他紧握着那封信，只是反复说着：他们还是想看看的……”查良铮亲自买来牛皮纸将译稿仔细包好，寄出。但直到1976年“文革”结束都没有消息。

12月，查良铮身残卧病在家，托朋友去出版社才得知，因为译者身份，《唐璜》不能出版，但编辑有意保留，“他在很少写的日记本上写道：‘76.12.9，得悉《唐璜》译稿在出版社，可用。’这部父亲倾注最多心血，花费最长时间所译的译稿送出版社3年多后，他第一次得到它的消息，也是他所知道的最后消息。两个月后，他就永远离开我们，没能看到《唐璜》的问世”。

查良铮去世3年半后，1980年秋，《唐璜》出版。

遭遇类似的还有《丘特切夫诗选》，被“冻结”20余年才得见天日。1985年秋，查家接出版社通知，《丘特切夫诗选》出版，让他们去领稿酬。家人以为弄错了，去信核实，无误，“父亲20多年前，即1963年寄给出版社的”。

儿女记忆中，父亲最后的日子依然在译诗，“每天十几个小时的紧张译诗工作中，度过了他生命的最后一年。直至他离世的前两天：1977 年 2 月 24 日，父亲将《欧根·奥涅金》的修改稿的抄写工作全部做完，才最后也是永远停止了工作”。

言传身教，人活着应该有所作为

父亲虽然已离我们远去，去到他诗中所说的地方，在芦苇的水边，但 20 年来，父亲好像依然活在我们身边，不时告诫我们要努力学习，珍惜时间，不说假话，善以待人。可以告慰父亲的是，我们兄妹 4 人都先后受到良好的教育，获得了高等学位，成为他所希望的有用的人。

——穆旦子女 1996 年撰文《言传身教，永世不忘》

“父亲身体力行树立的做人典范和生前的谆谆教诲更胜似一份遗嘱……父亲始终是我们的榜样，他的言教意传至今指导我们如何对待生活，规范我们待人处事的言行。”子女谨记父亲生前对他们说过的话，“人不能庸庸碌碌地活着，应该有所作为”。

他们回忆：“1953年回国至1958年，短短5年，竟用俄文高质量地译出10余册普希金的诗集和其他文学论集。”这些全都是查良铮工作之余完成的。他在被“管制”期间，译出俄国诗人丘特切夫的诗100多首。1962年起，又开始翻译《唐璜》。

他虽然工作紧张，却十分重视孩子们的学习。穆旦夫人、南开大学微生物学科主要创建人周与良在文章中回忆：“良铮非常喜爱子女。”儿女们也记得，“我们年幼时，他给我们买来能够启发智力的玩具；开始学写字时，他手把手地纠正我们的写字姿势；他常常要亲自检查我们的小学作业本，教导我们要认真改正错误。受过正规教育的父亲，希望我们也都能够受到良好的教育，将来成为对中国有用的人。他曾严肃地对我们说：‘不想吃苦是学不到知识的。’言传身教，勉励我们刻苦学习”。

2012年12月穆旦子女合影，前排左起：查英传、查明传，后排左起：查平、查瑗

父亲最喜欢外文书店和古旧书店，“父亲买了许多俄文、英文的书籍，也常常为小英买做无线电的书和杂志，还买《十万个为什么》给我们读”。次子查明传喜欢摄影，每天花很多时间冲洗照片，查良铮督促他“不

要把时间用于这些无用的事，多去读读书”。英传在内蒙古插队，“父亲总是告诫他要利用这段时间学习英语”。长女查瑗在塑料厂当检验工，“父亲逐字逐句给她讲解英文原著，从未因小瑗的轮班而缺一次课。直到他逝世前，讲授完《林肯传》和几百页的欧洲史”。小女儿查平学琵琶，孩子们都不愿听练琴声，父亲却说他喜欢听，让小平去他房间练习，“80年代再版的父亲所译诗集，正是在小平的琵琶声中修改的”。

但儿女们或多或少地受到父亲牵连，命运受到影响。

查英传品学兼优，各种电动模型和半导体收音机，小学时就做得相当精巧。插队落户到内蒙古，因吃苦耐劳被选为生产队副队长。“1973年，公社推荐他参加大学招收学员考试”，却因父亲的历史“问题”，不能被录取。“父亲几天都一言不发，除了上班和吃饭，他都关上自己房门，埋头译诗，也许是想让他的笔来分担一些痛苦。有时，他好像是在惩罚自己。他不再吃鸡蛋，要留给小英回来吃；用了近10年的一条洗脸毛巾也不让换，‘等小英能够回来之日再换’。”

父亲去世前，查英传受到的正式教育仅有小学5年，中学和高中都是自学；查明传是唯一的高中毕业生；查瑗和查平只接受过中学教育。

但子女们通过努力，都取得不俗成绩。

长子查英传，1953年生于天津，1978年考入内蒙古大学电子学系，1986年获美国迈阿密大学生物医学工程专业硕士学位，现在美国生物医学、航天航空电子仪器设备研制领域工作。

次子查明传，1955年生于天津，1984年在天津中医学院毕业，留学加拿大麦吉尔大学人体营养系，获医学营养学博士学位，现在加拿大从事营养学研究和中医诊治。

长女查瑗，1957年生于天津，1977年考入北京大学化学系，1986年获美国哥伦比亚大学化学博士学位，现在美国医药研究和检验管理领域工作。

次女查平，1960年生于天津，1986年在天津外语学院毕业，1989年获美国罗吉斯大学幼儿教育系硕士学位，现在美国从事幼儿和小学教育工作。

【对话】

“父亲支持我们去做自己喜欢的事”

记者：你们过去不知道父亲是著名诗人穆旦？

查英传：父亲在世时，我们不知道他是穆旦。他去世 10 年后，通过他的同学好友的回忆，我才知道他在诗歌创作上的工作。此前，我们仅知道在图书馆上班的父亲和在生物系上班的母亲，尤其是小学至中学毕业的 20 世纪 70 年代，我们只知道出身“不好”。

记者：您父亲在“文革”后曾写了几十首诗，母亲不希望他写诗，您看到他偷偷写诗吗？

查英传：家人发现他在 1977 年前留下的纸条，有 59 首诗的名字，找到的少于这个数字。这是母亲的回忆。我记忆中父亲下班和周末多数时间读书写字，稿纸总是很厚一叠放在书桌上，是在译诗（那时，他译诗是公开的）。如果母亲怕他写诗招致政治问题，那父亲一定不会让家人看到他在写诗。1976 年（也许早在 1975 年）至 1977 年 2 月的诗作是背着家人写的。

记者：您父亲在“文革”及更早受了很多委屈，他可曾后悔过回国？

查英传：他受到政治困扰，开始于 1954 年，直至去世，历时 23 年，他没少写历史检讨。那个时代，家长大都不会告诉小孩此类政治敏感的事情。我想他曾经避免说那些可能会影响我们追求进步的事情。

记者：曾看过报道，说您父亲不让孩子学文。目前你们 4 人，除了查平为教育硕士，其他三人均为获得硕士或博士学位的高级理工人员，是父亲的要求吗？

查英传：父亲没有不让我们学文。他逝世时大学还没有恢复考试招生。我们的家庭出身，不能成为“工农兵学员”，看不到可能进大学的机会。父母也不可能去想我们该学什么专业。我个人自小就爱好业余无线电，1977 年恢复高考，我自然学了电子工程专业。我印象中，我小学同学中，凡父母是文科，被打成右派和有问题的多些。我自己觉得不学文科会好些。

记者：您父亲对你们的教育有何特点？

查英传：我们自觉得到好分数，不需要父母帮助。父亲放手支持我们去做自己喜欢的事情。我 16 岁时想骑自行车往返津、京，父母并不反对。我喜欢业余无线电，父亲也很支持。

（2013 年 7 月 19 日）

（注：本文图片由穆旦长子查英传授权刊发）

张宗祥后人：
他对我们说："做人一定要好"

朱梁峰　高云玲

【名片】

张宗祥（1882.4.3—1965.8.16）

海宁人，学者、书画家，一生抄校古籍 9000 余卷。曾任浙江图书馆馆长、西泠印社第三任社长。

他和第二任妻子王淑英有九个子女：长女张珏、三子张重、四女张璇、五子张同、八子张兆、九女张玖，二女、六女和七子夭折。八子张兆育有一子，张耕。

作为张宗祥先生九个子女中唯一健在的幼女，张玖也已经85岁高龄了。与其他姐姐、哥哥散落天涯不同，张玖自出生后，几乎都陪伴在父亲的身边，从上海、北京、武汉、重庆、南京到杭州一路走来，经历了各种惊险困顿，最终在西子湖畔安享晚年。

张宗祥

轻名利，重国家和民族荣誉

父亲大半辈子是无党派的。最早高啸桐要他加入保皇党，他就以“君子群而不党”婉拒，后来沈钧儒邀请他加入同盟会，父亲回答：“予意，惟正义是从，不愿身有党籍也。”一直到20世纪60年代，要去北京参加全国政协会议，才加入了中国国民党革命委员会。父亲为人低调，对朋友热情，对待名利，就像他的号“冷僧”一样，也是很冷的。

——张玖

1949年年底，21岁的张玖跟随父母来到了杭州，一住就是60余年。

刚到杭州的张宗祥还没有工作，住在龙兴路6号。四女儿张璇的公公是有名的丝绸商人，在杭州有不少产业，张宗祥一家就选了这处别业住了下来。

这是他一生中难得的休闲时光。除了每天早晨起来雷打不动地练字，他有了更多的时间来莳花弄草，听戏拍曲。周末的早上，周传瑛、张传芳等杭州昆曲的传字辈们会早早地来敲门：“先生先生，侬看今朝唱《桃花扇》好哦？”

张宗祥惬意地靠在椅背上，笑着点头：“好咯好咯。”

于是张玖就看到他们撩起长衫，从腰间拿出笛子、埙，咿咿呀呀的昆曲声就流淌开来。院子里兰花正艳，此时父亲半眯着眼睛，右手手指在扶手上轻轻打着拍子。

“当时的昆曲社很苦，没有经济来源。父亲星期天上午都会去看望他们，买些水果带去。后来为了帮他们走出经营困境，改编了《十五贯》，一炮而红。”在张玖的印象中，类似这样的事情还有很多。

好几次，她看到有一位老人家兴冲冲地拿着字画来找爸爸，爸爸看过后，就给他一些钱留下字画。有时老人转身刚走，爸爸就把画给她当玩具了。“直到后来我才明白，就算老人拿来的是假画，爸爸也不会戳穿他，因为这是老人的生活来源，他不忍心。爸爸去世之后，追悼会上来了各行各业的人。有位男子一到就哭，他告诉我，在他困难时，一直是爸爸在资助他。”

张宗祥喜欢喝酒，烟瘾也大。浙江省图书馆每月供给他两条中华烟，他自己从来不抽，都留给客人。他有12个烟斗，都是三儿子张重从国外寄来的，烟丝都是张宗祥和女儿张玖自己晒制，还制作了一只皮袋子来装烟斗。每天早上，他就把这12个烟斗全部装满，然后可以抽一天。张玖说，西泠印社的韩登安等人每个星期都会结伴来家里一趟，称作“去张老家过烟瘾”，因为那时香烟是凭票供应。

“有一次，父亲下班回来，一进门就叫‘小玖，小玖’，我知道他肯定遇到什么开心或者难过的事情了。果然，他的烟袋在公交车上被小偷当钱包给偷了。”

有一年冬天，张玖又听到父亲在门外叫：“小玖，小玖，知道我为什么开心吗？”看到女儿疑惑的神情，张宗祥大声告诉她：“我打败了两个日本书法家。”

原来，当时浙江省政府来了两位日本外宾，招待他们在多益处吃饭，张宗祥也去了。席间，外宾不无挑衅地说：“你们中国现在没有人会写字了。”听完这句话，张宗祥三碗白酒下肚，摊开桌子就要与日本人比个高低。

“父亲先写。一幅字写完，两个日本人目瞪口呆，再也不敢接着写，连连鞠躬，口里直说‘对不起，请原谅’。父亲走出多益处大门，他们还特地从轿车上下来，再次鞠躬致歉。”张玖回忆起这段故事，仿佛还是发生在昨天一般清晰，“虽然父亲对自己的名利看得很淡，但他对国家和民族的荣誉，却是看得非常重”。

内外兼修，做一个有用的人

祖父去世前两年，他写了一幅字和一幅画给我。那幅字的大概意思是顺耳的话要听，逆耳的话更要听。那幅画画的是白梅，旁有字："白梅又能观赏，又能入药。"他是希望我内外兼修，做一个有用的人，不要虚有其表。他还经常说工作上要向比你强的人学习，生活上要向比你差的人学习。

——张耕

张宗祥一共生了十二个子女。其中和第一任妻子王氏所生的3个孩子同午、慧玉、慧寺都早夭。和第二任妻子王淑英所生的九个孩子中，二女、六女和七子也夭折。最终长大成人的有长女张珏、三子张重、四女张璇、五子张同、八子张兆和九女张玖。

张耕曾听大姑妈张珏讲过这样一件事：20世纪60年代，有一次中南海举行舞会，时任宋庆龄秘书的张珏与周恩来跳舞时，周恩来无意间问起张珏是哪里人。在得知她是海宁人后，周恩来又说："海宁有一个张宗祥，你知道吗？"张珏听后颇为惊讶，她告诉总理："张宗祥正是我的父亲。"周总理听了很高兴，接着又对张珏说："张宗祥先生在杭州灵隐寺的那副对子写得好，它把灵隐寺的来龙去脉以及它的历史全都概括了，很有学问。"

1936年，张珏毕业于上海沪江大学工商管理系。1949年7月，经同学郑安娜介绍到中国福利会工作，此后与宋庆龄相识。1964年，张珏向宋庆龄提出辞呈，希望能到杭州照顾年迈的父亲。为此宋庆龄微有不悦："你父亲不是有妹妹照顾吗？"但还是批准了张珏的请求。张珏在浙江大学教了一年书。1965年8月，父亲张宗祥去世。张宗祥在遗嘱中明确说明由大女儿一手操持丧事。

1967年5月，张珏再次担任宋庆龄秘书，直到1981年5月29日宋庆龄逝世。1969年10月16日，在绝对保密的情况下，宋庆龄与张珏一行乘坐周恩来总理的专机，自北京返上海休假。在飞机上，宋庆龄十分亲切地对张珏说："你千万记住，无论什么时候，

1965年8月张宗祥去世，办完丧事后张家人在杭州飞来峰前合影。后排左二为五子张同之子张柱，左三为八子张兆之子张耕，左四为张兆，左五为张兆之女张群，左六为张玖之女张佐；前排左一为九女张玖，左二为长女张珏，左三为四女张璇（张耕供图）

我都是你的朋友。”此后，宋庆龄不再叫张珏这个中文名字，而是称张珏的英文名字了——“Lrene”（意为“和平之神”）。

张珏早年与一位海宁同乡结婚，但3个孩子都早夭。

后来两人离婚，张珏没有再婚，晚年独居上海。张宗祥病重时，曾嘱咐其他子女："你们以后要帮着照顾大姐。"

张重毕业于北京交通大学运输管理专业。大学毕业之后，他又报考了航空学院，渴望驾驶飞机痛击敌寇。可是后来因为一件事情被学校除名。张玖说："三哥告诉我，因为有一次驾驶飞机时没有听指挥，一个跟斗翻了下来，差点坠机，所以被学校除了名。"但是张重依然成为了飞虎队的一员。在重庆史迪威任飞虎队队长时，张重报名参军，因为他有飞机驾驶经验，又会汽车驾驶，成为了运输队的一员，后来官至重庆至桂林的运输大队大队长。

1950年，张重到杭州看了父母和妹妹最后一眼后，动身前往香港。张玖送哥哥去坐火车，全家拿不出旅费，她就买了一只大西瓜，让哥哥在路上吃。就这样，张重从香港又飞加拿大，后来在加拿大安家。20世纪90年代，梅葆玖去加拿大演出时，张重还作为票友与梅葆玖同台演出。张重的大女儿小梅在香港，小女儿小莉在加拿大，均经商。

张璇与杭州丝绸商的儿子结婚之后，就成了家庭主妇，后来一直住在北京。

“父亲心里一直是记挂着我们的，就算我们都长大了也一样。唯一他放心的是五哥张同。”在张玖的记忆里，毕业于复旦大学的五哥张同最为神秘。1943年，张宗祥一家在重庆，一天张玖与八哥张兆去街上玩，远远地看到张同从对面走来。她刚想喊，张兆拉了拉她的手臂，示意她别做声。原来此时张同被捕了，正在押解途中。三人擦肩而过时，张同说了一句英语，告诉弟弟妹妹自己将被押往土桥。后来多亏张宗祥找朋友向陈立夫求救，张同才获释。张玖这才知道五哥是地下党。

后来，有关张同的消息就越来越少了。直到20世纪50年代的一天，省里有人到家中来，跟张宗祥说：“张老，张同组织上另派工作了，以后有什么消息就要通过我们转达。”又过了几年，家人才知道张同以客座教授的身份在香港中文大学任教，之后前往美国，在新闻处任中文主编，晚年定居香港。

张同的大儿子张炳现居住在北京，曾在七机部工作；小儿子张柱住在香港，曾任《时代》杂志中文主编。张炳的大儿子张勤在美国做律师，小女儿张荃正在丹麦攻读硕士研究生。

张兆在上海一所学校教物理。儿子张耕 1968 年高中毕业后前往贵州插队，1971 年到六盘水煤矿当掘井工，后进贵州工学院学习。一直到 1985 年，张耕才回到祖籍海宁，从水利局的一名科员做起，于 1990 年任海宁市副市长，分管水利、城建、交通、公安等多个要害部门。当时有装修公司要帮忙给张耕装修房子，都被他拒绝了，他宁愿去找街头的小工，贴一块瓷砖 3 毛钱。妻子下岗了，张耕也没有再给她找工作。

张耕说，做了 8 年副市长后，他觉得仕途并不是他所追求的，于是提出提前退休，"嘉兴还从来没有副市长要辞职的，嘉兴市委开会讨论之后，希望我将任期做满。但我坚持不做了。爷爷对钱财、名利的淡泊，从小就通过言传身教，附着在我们体内"。

张耕的儿子张翔在毕业之后，选择了自己创业，目前在上海经营一家广告公司。

张玖的丈夫叫徐祖鹏，公公徐礼耕是民国时期的“丝绸大王”，产业遍布杭州、上海、苏州等地，嘉兴绢纺厂的前身也是由他创办的。毕业之后，张玖一直在浙江供销系统内工作，直到1983年退休。倒是她的小女儿徐洁，继承了外公部分事业，目前是浙江省图书馆副馆长。

【对话】

“他没有要求我们像他一样”

记者：张宗祥先生的家庭教育有什么特别的地方吗？

张玖：父亲并不会盯着我们学校的学习成绩。他总是把握大的方向，比如他对我们说：“做人一定要好。”在他看来，只要做人做好了，其他成就的高低并不重要。所以他没有要求我们像他一样。大姐张珏高中毕业后，父亲认为女孩子读到高中就差不多了，想让她工作，母亲坚决不同意，一定要男女平等，所以父亲让她读了贵族学校沪江大学。可能这件事对父亲教育孩子的影响挺大的，后来他在教育上一视同仁。

张耕：小时候，看到爷爷在写毛笔字，觉得很好奇，于是他就教我写字。可是我坐不住，写了几张就往外跑。后来爷爷就给我父亲写信说了这个事情，并建议说，孙子似乎对文学方面不感兴趣，建议学理工科。还有一次，我玩的时候不小心弄断了爷爷的拐杖，当时很害怕，不敢承认，偷偷放在了门背后，就坐车回了上海。后来爷爷又写信给父亲，认为我应该诚实，不要因为害怕而不敢承担责任。

记者：张宗祥先生似乎来海宁的机会并不多。

张玖：从我懂事起，他似乎是没有回过海宁。我小时候就回过两次，一次是两岁时奶妈抱着回去的，另外一次是抗战胜利后，随妈妈和八哥去整理父亲的32只书箱。但是他对家乡的人和事都很关心。徐志摩和他父亲（徐申如）的墓碑都是父亲写的。在写徐志摩的墓碑时，他一时想不好怎么写，辗转许久，才写下“诗人徐志摩之墓”。

张耕：至今海宁当地还有不少爷爷留下的墨迹。仓基街56号的故居是1926年建成的三楹两层西式砖木结构，楼后有天井。这幢小楼，抗战前的逢年过节，爷爷偶尔回来住几天。每当这个时候，海宁当地的住户都会来向他求字。爷爷往往来者不拒，不收一分钱。他还是挺想为家乡做一些事情的。

记者：他一生笔抄不辍，校补古籍9000余卷，特别是补抄文澜阁《四库全书》，可以说对中国传统文化的保存和流传有着巨大的贡献。

张玖：文澜阁《四库全书》历经战乱，虽经过补抄完成了部分，但剩下的都是难啃的骨头。于是父亲在任浙江省教育厅厅长之后，决定利用自己在京师图书馆的人脉完成这项工作。他先奔走募捐，其中一个原则就是，非本省人的捐款不收。然后派学生前往北京抄写。历时两年，未用公家一纸一墨，使江南有了一部完整的《四库全书》。

张耕：爷爷晚年，仍然夜以继日地抄书。每天，除了中午的一两个小时他会在躺椅上看会儿小说休息一下，其余时间几乎都在抄书。而且他抄书不是一行一行地抄，有时从四个角上往中间抄，有时从中间往四个角上抄，同时还能与别人聊天下棋。

记者：当年张宗祥先生坚持不去台湾，主要是出于什么考虑？

张玖：中华人民共和国成立前夕，父亲的学生陈布雷劝他先去广州，再去台湾，父亲说"我不做白俄"，坚持不走。当时有人提出把他主持抄补的文澜阁《四库全书》运到台湾，他又说："这要浙江父老同意。"因为当时抄补文澜阁《四库全书》非政府出资，而是浙江各界人士捐款。中华人民共和国成立后，陈毅找到父亲，希望他能带头从中国农民银行辞职，他二话没说，带着一家到了杭州。

他一辈子没有住公家的房子，其中一个原因就是不想麻烦政府。空出来的公房也可以给更加需要的人。

张耕：爷爷去世前，他珍藏的一些古籍善本和抄本就都捐献给了图书馆。还有他珍藏的玉器字画，除了有上款的，也全部给了博物馆。其中，仅30多幅黄宾虹书画，在今天看来就是天价。如今我们家中只有几件爷爷的作品，留作纪念。

（2013年8月23日）

陆费逵后人：我要还原一段真实的历史

朱梁峰

【名片】

陆费逵（1886.9.17—1941.7.9）

桐乡人，教育家、出版家，中华书局创始人。

他有三个子女，长子陆费铭中，长女陆费铭琪，幼女陆费铭琇。

3 月的北京，气温开始回暖。对 89 岁高龄的陆费铭琇来说，北京寒冷的冬季显得有些漫长。几年前，陆费铭琇与丈夫搬到了位于三路居路儿子的新家，不久后，这里将成为北京第二大金融区。

每年清明节，陆费铭琇得以凭吊和思念父亲的，只剩下陆费逵生前留下的一张标准像。“虽然父亲从未回过桐乡，可是回乡一直是他的愿望。”谈起父亲，陆费铭琇对70多年前发生的事情仍历历在目。

陆费逵

陆费逵生前还曾打电话给一位老乡沈谷身，约定时间相伴回家，可是这成了他的一个遗愿，“但桐乡一直是父亲魂牵梦萦的地方，正如父亲曾经说过的那句话：陆费逵的老家只有桐乡”。

关心书局，更关心国家大事

1925年，我出生前爷爷陆费炇正好病危。按照老一辈人的迷信说法，爷爷过世之前我是不能出生的。于是妈妈一直喝安胎药，拖了十几天才把我生下来。所以我小时候身体就不好，直到3岁还站不住，也少不了需要父亲母亲加倍照看。直到1941年父亲去世的16年间，我们一家人大部分时间都生活在一起，亲眼看着他在乱世之中，为了书局呕心沥血。他像家长一样关心中华书局的人，关心政治又不愿参与政治。他博览群书，有渊博的知识，高深的文化素养，在家中常谈古论今，出口成文。

——陆费铭琇

从卧室门口到客厅的沙发旁，短短五六米的距离，陆费铭琇整整用了一分钟。“很多事一直压在我心底，我要还原一段真实的历史。如果这些再不跟家乡的人说，我要跟谁说呢？”老人缓缓坐下，吸了一口气，微微沉吟着，似乎在从一个杂乱的线团中找一个线头，然后把历史从记忆深处拉回。

陆费铭琇出生那一年，中国的土地上风雨飘摇。孙中山逝世，“五卅惨案”爆发，军阀混战不断。中华书局却在经历了13年坎坷发展后，渐渐迎来了黄金期。

等陆费铭琇懂事后，书局已有“远东第一”的称号。

“书局事业蒸蒸日上，外人总以为陆费家发家了，但只有我们自己知道，父亲的工资比书局一些高级职工还要低一点。至于股票和分红，都投入了书局再生产。”陆费铭琇记得，父亲只在闸北买过一套小房子，后来再也没有住过。十多年内多次搬家，最后搬到法租界的巨波来斯路（现在的安福路）。

出于安全考虑，陆费逵并不让3个孩子去学校上课，而是请了家庭教师，还制定了一些家规，比如不许打扮，客人来了不许上桌吃饭，生活要自理，等等。那个年代随时笼罩着战争的阴云，陆费逵要求孩子必须学会吃苦。“有时我们一人一个小板凳，面前一碗米饭，配一碗菜，但菜必须等米饭吃完以后才能吃。父亲告诉我们，如果遇到打仗找不到菜吃时，吃米饭也能活得好。”

除了关心书局，陆费逵更关心国家大事。“八一三事变”后，陆费逵让妻子杨敬勤买了不少布匹和棉花，由她组织妇女赶制棉衣裤，送到前线给战士们御寒。日寇进攻上海火烧闸北时，年幼的陆费铭琇和哥哥姐姐要到楼顶去看战火。父亲勃然大怒，训斥道："你们想看什么，难道你们忍心观看中国的房屋和人民被日本人烧光杀死吗？"

1937年春，中华书局资本扩充至400万元，在全国各地乃至新加坡开设40余个分局，年营业额约1000万元，进入全盛时期。然而不久日军全面侵华，在上海沦陷前夕的一个夜晚，陆费逵一家带了几只手提箱，乘小船摆渡至停在黄浦江口的轮船，前往香港。

在那里，陆费逵度过了生命中的最后4年。

抗战爆发后，各地分局遭受战火波及，业务难以展开，加上中华书局企业庞大，让陆费逵渐感力不从心，他开始寻找自己的继承人。他并不准备让家人接班，将中华书局办成"家族企业"，在他眼里，继承人必须符合三个标准：正直，懂商业，有学问。这个继承人至死也没有找到。"现在的舒新城日记中提到的所谓'陆费逵遗嘱'简直就是瞎编乱造，父亲去世时我就在他身边，亲耳听到他对书局的未来做了这样的嘱咐：'中华书局有两位高级人士，舒新城、王瑾士不能继任总经理。'"

陆费铭琇用手拭去眼角的泪花，平复了一下情绪：“父亲的死亡原因，此前有‘心脏病’‘脑溢血’等多个说法，其实都不符合事实，是舒新城和王瑾士共同编造的。现在定下来的是‘突然死亡’。”

抗战开始，陆费逵被推举为国民参政会参政员。不过陆费逵本人并不愿意接近政治，多次以病推脱，还将每个月的参政员津贴原封寄回。王瑾士就对陆费逵说，他在上海有一个做医生的堂弟，叫唐昆元，可以让他陪同去重庆，并买好了来回机票。眼看实在无法再推，陆费逵只好前往。1940 年，陆费逵在重庆收到了一张董必武写给他的条子，上面说延安缺教科书，希望中华书局能调拨一部分。“后来父亲给下面分局写了个条子，解决了这个问题。据说董必武的条子现在还保存在北京中华书局档案中。”

1941 年 3 月，陆费逵最后一次来到重庆参加参政会。这次他见到了周恩来。面谈中，周恩来又讲起延安缺钢笔、墨水等文具和教科书。陆费逵再次设法调拨了一批运到延安。

“显然这两次与中共高层的接触，引起了国民党高层的警觉。”陆费铭琇说，父亲回到香港后，心情就特别不好，在家中多次提到陈立夫、陈果夫和他过不去。5月的一天，从来不喜照相的陆费逵，突然独自一人去了照相馆，拍下了晚年唯一一张标准像。此时距离他去世还有两个月的时间。

1941年7月7日11时左右，中华书局教育文具厂厂长胡庭梅上门谈事。其间，陆费逵抽了一根胡递过来的雪茄，到下午3时，他全身疼痛，满身大汗，浸透了枕头和床单。7月8日，陆费逵感觉不好，半夜起来整理中华书局的账册，并给妻子留下了遗言。到7月9日早上，陆费逵的病症没有丝毫减轻的迹象，于是杨敬勤让女儿铭琇出去买只鸡，炖点鸡汤给父亲补补。上午8时，杨敬勤怕丈夫在厕所出事，就让大女儿铭琪进去看看。“姐姐推门进去，听到父亲跟她说，‘阳光太强’。姐姐关窗的时候，父亲起身往外走。刚走到厕所门口，母亲伸手去迎，父亲一下就摔倒在母亲身上。等姐姐将父亲拉起来时，他的手已经冰凉了。”陆费铭琇说，舒新城日记中，还编出了陆费逵去世前一个星期的病历，就更加离谱了。

陆费逵去世后，适逢太平洋战争即将爆发，遗体无法运回上海安葬，只能临时葬在香港华人永远坟场。棺木安放在墓室内的两条石凳上，墓上没有立碑，也没有任何标记。直到1996年1月2日，才举行了立碑仪式。香港中华书局总经理陈国辉在给北京、香港、台湾、新加坡四地中华书局的信中是这样描述的："墓碑一方，高约及人肩，取其平易近人之意。石料则采八闽青石，以其耐久不尚豪华炫目，且带知识分子气息。造型方面，则以《辞海》外型为模本，既独特而又稳重大方，与墓主身份及成就相吻合。"

复兴路上，关系国家社会者大

20世纪90年代，一位年近六旬的老朋友来访，闲聊中说，他读初一时，国文教科书第一篇文章便是陆费逵的《敬告中等学生》，他还当场背诵起来：

1996 年香港，为陆费逵墓立碑（碑左为陆费铭琪一家，碑右为陆费铭琇一家）

"我国家社会，正在复兴的路上，不知有多少事业，等着要建设，不知有多少东西，等着要生产……诸君要知道，诸君学业的成败，关系于诸君个人者小，关系于国家社会者大。"他告诉我，"此文忘记不了，管了我一辈子用"。这篇文章是父亲在1915年写的，

30 年后被选为教材，又 40 多年后，还被人珍存。

——陆费铭琇

陆费逵有 3 个孩子，大儿子陆费铭中生于 1921 年，次女陆费铭琪生于1922年,幼女陆费铭琇生于1925年。

1942年,陆费铭中考上重庆大学,后来转学到上海。但是成绩并不是很突出。大学毕业后，于 1947 年来到衢州，在亲戚的一家盐厂工作。1950 年回上海入中华书局，后随教育文具厂迁往北京。陆费铭中终身未婚，1975 年去世。

1943 年，陆费铭琪上重庆复旦大学，母亲让她学习会计专业，关心中华书局的经营。1948 年，根据中华书局董事会有关子女教育的决议，陆费铭琪申请到中华书局的资助，去美国加州大学商学院攻读硕士。毕业论文是《建议中华书局的新管理及组织》，如今已捐赠给桐乡陆费逵图书馆保存。

陆费铭琇说，姐姐陆费铭琪曾多次有回国到中华书局工作的意愿，均没有得到回音。至今仍居住在美国，有子女 3 人。

中华人民共和国成立前夕，陆费铭琇在上海震旦女子文理学院边学习边从事进步活动。1950 年，陆费逵在中华书局工作的老同事张闻天正筹备组织一个派往联合国的代表团，就将她调到了北京外交部。有一次，周恩来问陆费铭琇："跟姐姐还有联系吗？"陆费铭琇回答："我没有跟她通信。"没想到周恩来却告诉她："还是应该通通信，我可以帮你们。"

陆费铭琇一家 1965 年被下放到天津农村，一直到 1980 年才返回北京。陆费铭琇后在首都医科大学工作，直到退休。

陆费铭琇唯一的儿子，毕业于南开大学化学系，后留学美国，博士毕业于斯坦福大学。目前在美国从事数据分析工作。

2000 年，桐乡陆费逵图书馆成立时，陆费铭琇第一次踏上了祖辈们生活过的土地。作为中华书局的版本图书馆，桐乡陆费逵图书馆的藏书还远远不够，特别是中华书局在 1912 年至 1949 年间出版的书籍更是少得可怜。为了丰富馆藏，陆费铭琪和陆费铭琇不仅把父亲生前的遗物捐赠给了桐乡陆费逵图书馆，在图书馆为父亲立了半身铜像，还拿出自己的积蓄5万多元买了中华书局曾经出版的《古今图书集成》、梁启超著的《饮冰室合集》等图书，共计900余册，一并赠送给了桐乡陆费逵图书馆。

几年前，当时已80多岁的陆费铭琇一有空就会去北京的旧书店淘书，而且一待就是一整天。陆费铭琪因为身在美国无法帮忙，故和妹妹约定，由妹妹出力，所有买书的费用都由陆费铭琪支付。除此之外，姐妹俩还联系到父亲昔日的同事，动员他们把所珍藏的中华书局出版的书捐赠给桐乡陆费逵图书馆。2001年到2009年，姐妹俩又向桐乡陆费逵图书馆捐赠图书775种，共计981册。

“我们希望国家社会进步，不能不希望教育进步。我们希望教育进步，不能不希望书业进步。书业虽然是较小的行业，但是与国家社会的关系却比任何行业为大。”陆费铭琇说，即使在100年后的今天，父亲的话依然有着穿越时空的力量。

【对话】

“出坏书比拿刀杀人还要坏”

记者：陆费逵先生在努力保证那个时代的所有人都有书读，但是你却从来没有用过《新中华教科书》，对此你曾有怨言吗？

陆费铭琇：我那时年纪还小，父亲请了书局的编辑来给我们上课。主要是给哥哥姐姐上课，我就在一旁边玩边听。回头去看，我想父亲是如他在《敬告中等学生》中所说，将自己的小家看成“个人”，而他的书业，则关乎国家社会。

记者：陆费逵先生从未来过桐乡，他对家乡的感情深吗？

陆费铭琇：小时候，我常常不理解为什么父亲总要在书上签上“桐乡陆费逵”。每每问及父亲桐乡是哪里时，父亲总会笑着告诉我，桐乡是他的家乡。所以，我们几个在很小的时候，就对桐乡有了较深的印象。

虽然父亲没有到过桐乡，但他到过嘉兴，而且他的后代多次到过桐乡。

记者：你父亲的遗物多数都在上海澳门路中华书局印刷厂四楼仓库，这批东西后来拿回来了吗？

陆费铭琇：1946年，母亲带着我们返回上海，只搬回部分家具及用品。因为住房窄小，将祖传的50箱古书及120幅字画转存在中华书局图书馆。中华书局将它们转移到上海辞书图书馆，目前还在辞书图书馆存放。我们曾多次交涉，他们声称是国有财产，至今不归还。“文革”时，家中父亲早期的珍贵档案，还有父亲去世时周恩来、董必武的唁电全文，被抄走后不知所终。

记者：你父亲一生从事出版事业，除了出版《新中华教科书》，还编辑出版《聚珍仿宋版二十四史》《中华大字典》《辞海》，刊印《四部备要》和《古今图书集成》等大部头图书，总计出版各种书籍达两万册，对中国传统文化的保存和流传做出了巨大的贡献。

陆费铭琇：父亲常说的一句话就是：“出坏书比拿

刀杀人还要坏。”他一直认为在提倡现代教育的同时，对传统教育也要坚持。因此字典要不断修订，他说编字典是他的社会责任。其实在主持中华书局时，父亲有不少机会从事其他行业。有人聘他到报馆担任高职，或到教育部、外交部工作，他都不为所动；他也为了出书进过监狱，但始终没有放弃。他用一生践行“终身坚持，专业忍耐”。

记者：做书业，是你父亲爱国的一个方面吗？

陆费铭琇：父亲虽然不怎么管我们的学习，但要求必须学好汉语，一定不能做亡国奴。如果说，出版《新中华教科书》是为了巩固革命成果，那么他提倡书业“华商自办”，更是为国家民族思虑长远。当时很多印刷业务都有日本人插足，上海上百家印刷厂，很多都是日本人开的。所以他在静安寺、澳门路和香港等很多地方办印刷厂，就是为了分散风险。父亲办过的杂志中，有一本叫《新中华》，就是提醒“人人有国家观念，人人明白自己是中国人”。

（2014 年 4 月 4 日　本文图片翻拍　朱梁峰）

陆维钊后人：父亲陆维钊，书如其人

朱梁峰　沈秀红

【名片】

陆维钊（1899.3.3—1980.1.30）

唐宰相陆贽后裔，生于平湖新仓镇。艺术家，我国现代高等书法教育的先驱。

育有两子两女：长子昭徽、次子昭怀、长女昭蓉和次女昭菊。

沙孟海90华诞时，有一位年轻的女记者问他："您是当代书学泰斗，还有哪几位书法家最有代表性？"

沙孟海笑道："我可以告诉你，我的书法在浙江并不算好，比我好的有的是。潘天寿先生不但画画得好，他的书法也非常好。还有一位陆维钊先生，他的书法，在我看来，应该是首屈一指的。他们才称得上是浙江书学的泰斗！"

这是著名戏剧评论家沈祖安亲历之事，那时，距离陆维钊先生逝世已经10年了。在很多人听来，"陆维钊"仍是一个比较陌生的名字，但在书法界，陆维钊作为书法教育史上里程碑式的人物，为人铭记。

四月沪上，草木葱茏，春意正浓。在浦东一所公寓内，陆维钊先生长子陆昭徽向我们忆起父亲，一件件一桩桩，生动丰满地还原了一个"书如其人"的艺术家、教育家。

一生恭俭让

父亲以"猪头肉，三不精"自比，喜爱书法，正、草、隶、篆等各体均写；喜欢绘画，山水，花卉；研究戏曲，喜弹琵琶、三弦，也吹箫；攻读中医理论，为人诊脉、开方；读书时期还是足球场上的铁后卫……他早年以诗人自诩，潜心文学研究，不想晚年却以书法留名，故而临去世前连声长叹：“真可谓一事无成，一事无成啊！”

——陆昭徽

1941年11月，长子陆昭徽的出生，为饱受磨难的陆维钊家带来了久违的欢乐。43岁得子，陆维钊内心感到无限温暖。那时，他应校长江学珠之邀正在松江女中教授国文。

但时局艰险，物价飞涨，负担沉重。当年12月8日，太平洋战争爆发，日军占领了租界，松江女中被迫第二次停办。没有了生活来源，陆维钊一度依靠朋友接济和鬻字卖画勉强维持一家生计，但断然拒绝了汪伪政府的邀约，宁死不食周粟。

在陆昭徽的记忆中，父亲平时口中总念念有词，说的是平湖乡音，又自成曲调，仿佛在唱山歌。听得多了，昭徽才明白，原来父亲是在吟诗，或是推敲自己的新作。

陆维钊一生留下来的诗有1000余首。1918年，19岁的他登临宝石山，俯瞰西湖，写下了“曾记狂吟登绝顶，万山青拥一诗人”的诗句。晚年，他在病榻上回顾一生，写下了“依旧诗人，江水东流不忍听”之句。

早在南京高等师范求学时，陆维钊就参加了吴梅发起的人文学社“潜社”，与赵万里、王季思、唐圭璋等人郊游联欢、填词谱曲。后来逃难到上海，又与胡士莹一起加入了词人集社“午社”。正是在这里，陆维钊认识了叶恭绰先生，并开始协助他编撰《全清词钞》。

陆维钊不仅自己喜爱传统文化，一开始也以旧派作风教育子女。昭徽5岁时，陆维钊就教他认字，继而要他背《三字经》，也教他写毛笔字，要求每天临一页帖，要横平竖直，笔笔有力。这一要求延续到1951年，陆维钊从苏州华东革命大学学习回来以后，整个人大变：衣着由长衫改为中山装，写字由毛笔改为钢笔，也不再要孩子背古文、写毛笔字了。

陆昭徽初中时学习成绩一般，陆维钊没有训斥；高中时明显进步了，毕业考门门满分，他也不怎么表扬。

但对儿子死读教科书，语文学习时又是分析课文段落大意，又是分析句子语法结构，不以为然：“人类是先有语言，再总结出语法规则的。”他主张背诵范文，认为这才是学好语文的关键。

陆昭徽说父亲非常重视“尊师”传统。他上大学后，每逢假期回杭州，父亲都要提醒他去看望小学时的启蒙老师。“父亲的师辈竺可桢、马一浮、张宗祥等，我都随他前往拜谒过，他都要我行太老师礼。”

无论是在浙江大学还是后来的杭州大学教书，陆维钊都穿着朴素，像个农民。1960年调往浙江美院，宿舍搬到了涌金门韶华巷59号，一家6口住在二楼的两居室内，没有独立卫生间，没有厨房，喝水还要自己去挑，床上满是跳蚤；窗前放着一张小方桌，这里是陆维钊写字、画画、备课的书桌，也是接待访客的茶几。

20世纪60年代，陆维钊多次参与接待过日本书法代表团。昭徽问过父亲：“依你看，目前中日两国的书法水平究竟谁高？”他回答得很简单：“论书写水平，来访的日本书法家也不差，但他们只写唐诗、宋词等古人句子，而我们临场赋诗，书法贵在表达心声。”

1980年1月，医院发出了病危通知，陆维钊仍坚持着在病房里给研究生上了最后一课，他说：“不能光埋头写字刻印，首先要紧的是道德学问，少了这个就立不住……‘字如其人’，就是这个道理。”

妻子李怀恭给他做了一套呢料中山装，但他一次也没有穿，他说：“认识我的，穿着旧衣服也认识我；不认识的，即使穿了再新的衣服，他也不会认识。”陆维钊去世之后，这套全新的中山装便给了昭徽。

在陆维钊的追悼会上，书画大家余任天用10个字概括了他的一生：三绝诗书画，一生恭俭让。

而在子女眼里，“父亲的一生，只是一名普通教员。一方面，他非常幸运，所处的那个年代，让他得以求教的师辈，如王国维、梁启超、柳诒徵、吴梅、叶恭绰、马一浮等人的国学水准，后人恐永难企及。另一方面，他又十分不幸，中年时值日寇侵华，家破人亡；晚年又遇十年浩劫，落难‘牛棚’，磨难不断，劫后余生”。但父亲给他们留下了很多精神财富，尤其是他们这一代人“追求学问的精神，淡泊名利的态度”，给陆昭徽及其他子女都留下了深刻印象。

1979 年全家福，前排（从左到右）：陆维钊孙女陆玮、夫人李怀恭、次子昭怀的孩子（双胞胎）、陆维钊、长孙陆宏。后排（从左到右）：小女昭菊、昭怀妻、次子昭怀、长女昭蓉、昭蓉之子、昭蓉丈夫及长子昭徽夫妇（摄于杭州）

处世先立人

父亲教育我们要诚恳待人，他说："要一分为二地看人，不能人云亦云。大家都说这个人好，不妨看看他有哪些缺点；都说这个人不好，不妨看看他有没有优点。"他还告诫我们："记住，朋友落难，应尽力相助，不要因其失意而鄙弃；朋友得意，不妨离他远些，切不可因其得志而趋攀。"

——陆昭徽

陆维钊是遗腹子，父亲在他出生前就因伤寒病故，由母亲和祖父抚养长大。他目睹多位亲人因病早逝，为此发奋自学中医和中药学。后来眼见从文险恶，从医无望，越发希望孩子们能实现他悬壶济世的愿望。

1946 年清明，陆维钊最后一次回到了平湖，住在放港外婆家，又回新仓祭扫了祖父和母亲的墓地。老宅已经在战争中焚毁，杂草丛生，只剩一只大石臼，是老家唯一的纪念。不久小儿子昭怀出生，乳名就叫石臼。此行，他还为新仓镇国药店题匾"韩康遗法"，此匾至今仍保留在平湖陆维钊书画院。

1956年，昭徽初中毕业，想报考美院附中，征求父亲的意见。他说："你画画，我不反对，但画画只能是业余爱好。你将来的职业应该是医生，治病救人，一辈子做好事。"高中毕业，陆昭徽却在班主任的影响下，瞒着家人报考了华东师范大学外语系。直到寄来录取通知书，陆维钊才知道儿子没有考医，非常生气。但木已成舟，他只能把希望寄托在次子昭怀、长女昭蓉和次女昭菊身上，还专门召集家人谈了一次。

1964年，昭怀即将高中毕业，填报志愿时，陆维钊亲自参与，让儿子只填了上海第一医学院等4所医学院校，其他志愿一律空白。后来昭怀如愿考入上海第一医学院，陆维钊专程从杭州赶到上海，与儿子进行了一次长谈。他抚着昭怀的肩膀说："要学好医，必须先立人，这是第一位的……"

昭徽精通俄语，也会英语、日语，主要研究俄罗斯语言文学。他学习日语期间，有一次回杭探亲，早上朗读日语课文。陆维钊看到后认真地跟他说："你学日语我不反对，但日本欠下的笔笔血债，绝不能忘记。当年日本鬼子金山卫登陆，一路烧杀抢掠，我是目睹的。我准备把它写成《日寇金山卫登陆罪行目击记》，你们必须牢记。”这本日记，如今已由昭徽、昭怀等人整理完成，今年下半年将出版。

陆昭徽一直在山东师范大学工作到退休。他的儿子陆宏硕士毕业于北京师范大学，博士毕业于华东师范大学，后到多伦多大学进修。陆宏主攻教育技术学，35岁时被评为正教授，兴奋地向父亲报告了这个好消息。没想到陆昭徽听后淡淡地说：“我53岁评上正教授，你爷爷去世前才被告知批准晋升为正教授，这只能说明，正教授一代不如一代了。”陆昭徽原本希望女儿陆玮当一个外语老师，不过显然女儿有自己的追求，坚决报考了浙江传媒学院，后来成为钱江电视台节目主持人。

昭怀1970年大学毕业，分配到石油化工部，被派往湖南搞“小三线”建设。1978年调回杭州，到浙江医院工作。曾做过赵朴初、巴金等人的保健医生。他的两个孩子均在杭州，分别从事金融和移动通信方面的工作。

昭蓉在杭州一家企业做财务工作。为了照顾父母，她50岁时把干部身份改为工人，提前退休。她有一个儿子，从事计算机方面的工作。

昭菊初中毕业后，陆维钊没有让她考高中，直接去读护校，他认为女孩子做护士最适合。起初昭菊在遂昌一家医院工作，后来调到浙江大学附属医院。未婚。

如今，陆昭徽早已当上了爷爷和外公，孙子正读高一，外孙女3岁。

陆家至今仍有一个不成文的规矩：小孩不过生日，老人不摆寿宴。“因为父亲不主张过生日，他说，孩子的生日，就是母亲的难日。”

1992年，根据陆维钊先生遗愿，他的夫人李怀恭及子女，将陆维钊书画真迹及收藏文物、图书共897件捐献给家乡平湖。当年，陆维钊书画院奠基，1995年12月落成开放。其后，陆维钊后人与平湖一直保持密切联系，迄今仅陆维钊书画作品就捐赠了100多件。陆维钊书画院常务副院长许栋表示，正考虑于明年成立陆维钊研究会。

2014 年 4 月，陆昭徽在沪接受《嘉兴日报》记者采访

【对话】

“父亲教我们做一个正直的人”

记者：在你眼里，陆维钊先生是一位怎样的父亲？

陆昭徽：我跟随在父亲身边的日子是比较多的。在学业上，他并不怎么管我们。但他对传统学问的学习方法，与现在完全不一样。平时他很注意从生活点滴上教我们为人处世的道理。我们家都是木板床、方凳，没有席梦思、沙发，他也不主张买电视机，不喜欢看电影。他认为这些享受的东西会消磨人的意志，阻碍人求学的精神。他还要我们认清大是大非。两张日军锯掉腿的矮桌，拼成了他的书桌，陪伴了他半辈子。我们建议他修一修，他不同意，说：“看到这两张桌子，能提醒我们勿忘国耻。”我大学毕业时，也期望父亲通过关系，留在杭州。直至分配方案公布，他始终未开口。他对我说：“作为知识分子，一定要为人正直，不走歪门邪道，凭知识吃饭。”

父亲教我们学习做人，教我们做一个正直的人，一个正直的知识分子。他在物质方面给我们的并不多，但在精神方面给的很多。

记者：陆维钊先生最大的成就在书法上，而这恰恰不是他所希望的，那么他想走怎样的一条道路？

陆昭徽：父亲虽然最初跟随竺可桢学习气象地理，但他骨子里还是喜爱传统国学、诗词歌赋。自 1925 年进清华大学国学研究院当王国维先生的助教开始，父亲一生从教 55 年，教大学，也教过中学；教国文，也教书法。他一度想到浙江中医学院讲授医古文课。书法在他眼里始终只是怡情之物，而非“本行”。他鼓励我参加体育活动，培养兴趣爱好，跟我说这些都是业余的，本行才是真本事。

记者：他对自己晚年以书法家成名颇不满意，认为自己一事无成。作为子女，你们怎样评价自己的父亲？

陆昭徽：父亲并不赞成草率地对一个人定性，他说：“历史都是后人写的，人在的时候，刚死的时候，评价都是不作数的。300 年后，人们如果还知道这个人，那时候才是客观的。”

记者：在你们家，后人中没有人继承你父亲传统文化一脉，对此你曾有过遗憾吗?

陆昭徽：我小的时候，父亲也希望我能熟读“四书”“五经”，精通诗、书、画、印。后来时局发生了变化，他越发觉得，文化和政治关系复杂，学文这条道路太危险了。所以他不再主张我们从文，最好全部学医。我大学毕业的论文是研究契诃夫，父亲知道后还特意告诫我：“别做文学了，离政治太近。”而回顾我这一生，最遗憾的事是没跟随父亲练字。1978年春节我回杭州，向父亲表示想学隶书。他临了一张《汉张景碑》，让我回去照着临。可惜我练了一段，没能坚持下去。就书法而言，我至今还是门外汉，悔之晚矣。

记者：你们兄妹4人主要为陆维钊先生做了哪些事情?

陆昭徽：我们兄妹4个，甚至我们的子女中，没有一个学中文的。2004年，我从学校退休后才回到杭州，开始整理父亲的遗稿，发现难度很大。但陆陆续续还是做了一些事。2005年，出版了《陆维钊诗词选》，

2009 年，出版了《陆维钊书画精品集》。现在做的一本书是《庄徽室文存》，收录父亲的一些题跋、讲稿和日记等，大约 20 万字，下半年可出版。去年还整理了父亲的藏书 1100 多册，都是线装古籍，比如清初《平湖县志》，1400 多卷的《皇清经解》等，还有名人信札 90 多通，两件书画作品，一并捐献给了平湖陆维钊书画院。

母亲去世时，提议将父亲的书画一分为四，给我们子女。我们商量之后，决定还是统一保存。今后这批书画作品也会捐献出去，以便后人能更好地研究。

（2014 年 5 月 23 日　本文摄影、翻拍　沈秀红）

谭其骧后人：父亲一生对我们子女影响深远

沈秀红　高云玲

【名片】

谭其骧（1911.2.25—1992.8.28）

嘉兴人，历史地理学家，我国历史地理学科的主要奠基人和开拓者之一。中科院院士。

他有四个子女：长子谭德睿、长女谭德玮、次子谭德垂、次女谭德慧。

坚持真理，求真务实

1987年，谭其骧的论文集《长水集》由人民出版社出版，在自序中他解释为何要以“长水”为名：“这并无深意，不过因为我是嘉兴人，据六朝人记载，嘉兴在秦始皇以前本名长水。”

谭其骧去世后，葛剑雄为老师写传记《悠悠长水》，也以“长水”为名。葛剑雄的理解是：半个多世纪以来，先生在历史地理这块处女地中经过辛勤耕耘，取得了丰硕成果；他孜孜不倦，夜以继日，为祖国，为学术，为下一代无私地贡献一生，正像那长年的流水，始终在滋润大地，催人奋进！

在学生眼里，谭其骧一生孜孜不倦，无私奉献，如涓涓细流，滋润大地。在子女心中，父亲又是什么形象？

谭其骧的长子谭德睿在上海接受我们采访时说：“在我心中，有8个词可以形容父亲：坚持真理、刚正不阿，艰苦求索、无私奉献，趣味高雅、淡泊一生，豁达乐观、宽厚仁慈。”

谭德睿说,父亲一生主要的成就是主编8卷本的《中国历史地图集》。这部地图集从20世纪50年代开始编绘。编绘缘起是毛泽东看《资治通鉴》，书里很多古地名和现在对不上，就和时任北京市副市长、历史学家吴晗讲，希望有一个图可以对照。“吴晗和我父亲是燕京大学的校友，他知道我父亲研究历史地理，建议让我父亲负责。”

吴晗原计划把清末杨守敬编绘的《历代舆地图》修改一番，在一年内完成。但是，开始编绘后遭遇很多具体的技术难题，发现无法在杨守敬原图基础上修改，因为现代的地图和古代的地图对不上。地图上每个朝代的每个城市及每条河流的变迁都要经过考证，中国的幅员又大，还要从夏、商、周编到明清时期，可谓是一个大型系统工程。谭德睿说：“本来就是父亲一个人，后来搞了个班子，最后牵涉到中科院社会科学学部（即现在的中国社会科学院）下属的历史研究所、地理研究所，还有南京大学、云南大学等多所大学，明确以复旦大学谭其骧为主，编绘《中国历史地图集》。”

《中国历史地图集》从1955年开始编绘，1978年内部本8册出全，又从1980年开始修订，至1988年12月8册公开本终于出齐，前后历经30多年。为完成这套里程碑式的图书，谭其骧呕心沥血，历经曲折。

地图集的内部版在“文革”期间要出版，谭德睿说：“当时是工宣队和军宣队主持，地图集上连谭其骧的名字都没有署。一些极左的思想不顾历史事实，把原来有些画法、有些结论都改掉了。父亲作为被批判的‘反动学术权威’，没有发言权。”内部版虽在内部发行，但也流传出去了，据说有些外国使馆照会中国，提出抗议。

“文革”结束后，开始对地图集进行修订并出版谭其骧任主编的公开本，谭其骧再一次遭到中央有关部委和学术界一些人诸种极端干预。面对逼他篡改历史事实的势力，面对倾注了30多年心血的科研成果，谭德睿说父亲撂下了一句话：“你要改的话我这个主编不当了。”地图集的争论惊动了中央有关领导人，领导人表示是谭其骧任主编，应尊重谭先生的意见，最终才得以出版。这件事后来在学界被传为美谈。

但书生意气的谭其骧并不是一个埋首故纸堆、皓首穷经的书呆子。葛剑雄在《悠悠长水》中写道："他写的论文、作的报告都是复原过去，却关系今天的生态环境、防灾减灾、国土整治、经济开发、文化建设和学术繁荣，关系到黄河、长江、海河、运河、太湖、洞庭湖、鄱阳湖、渤海湾、上海沿海的未来。"

不附权贵，上下求索

谭其骧一生从事学术研究、教书育人，留给儿女们最深的记忆是他忙碌的身影。

长女谭德玮在谭其骧百年诞辰时撰文回忆道："他又是一个一生都刻苦勤奋的人，从我们记事起爸爸就夜夜都工作到凌晨。""年三十这样，节假日这样，在医院里病床上不管时间、地点、场合，只要是能抓住的时间他都在思考问题、研究学问、安排学生的研究计划或给学生上课，因为在他的内心深处，他时时

1967年在复旦宿舍，谭其骧夫妇与四子女一孙儿一外孙及谭其骧岳母（中坐者）（谭德睿供图）

都在穿越千年的时光，在触摸祖国的山川河流。他以此为己任，终身以此为乐。”

“父亲一生对我们子女影响深远。”谭德睿说。

“父亲什么运动都挨到了。他性格好，豁达，不管是政治上、工作上、生活上家庭里面的事情，烦扰不堪，他都撇开，专心干自己的事情。这一点我有点儿像他。可是在智慧与勤奋上差远了。”采访中谭德睿平易坦诚，正像他说的，这点也是受父亲影响，做人不端架子，“我父亲很反对为人张狂，他非常低调，并且任何时候都不附权贵”。

“受政治影响，我们兄妹 4 人只有我和大妹两个人正儿八经大学本科毕业。大妹毕业于吉林大学，学经济管理，在杭州电子工程学院任教，有两个儿子。弟弟高中毕业后，我母亲响应党的号召，安排他到新疆石河子财经学校读了专科，后在上海动物园退休，有一个女儿。小妹妹比我小 10 岁，她先被上海体育学校选中，让她练投掷，结果还没培养成就碰到‘文革’，插队到上海崇明旁边的长兴岛。她有一个女儿，后来去了美国，在航空公司做商务流通。”

谭德睿 1956 年考入上海交通大学机械工程系，大二时被戴上右派帽子，大四时“摘帽”（当时学制为 5 年），改学铸造专业，是上海交通大学铸造专业第一批毕业生。后任上海博物馆研究员。

大学毕业后谭德睿被分配到上海仪表电讯工业局，在仪表局系统工作了 20 年。先在上海无线电技术研究所任技术员，后因政治审查不合格被调到仪表局下属的上海仪表铸锻厂。他刻苦钻研，得到工人的认同，“文革”期间还受到工人的保护。这也得益于父亲为人的影响。

谭德睿主要从事现代精密铸造技术工作，他兢兢业业，取得了多项成果，闻名业界。其中一项是对西汉“透光镜”的研究。1967 年，周恩来视察上海博物馆，博物馆展示了一面西汉铜镜。谭德睿说：“光线照到镜面投影到墙上原本应该是一束光，可是这个镜子很奇怪，把镜背的花纹都映到墙上了。北宋沈括在《梦溪笔谈》里专门讲到这种现象，给镜子取名‘透光镜’。”周恩来看了后指示要研究透光镜的“透光”原理。“文革”期间条件十分艰苦，在上海科协任职的阮崇武组织复旦大学光学系、交大铸造专业以及在工厂的谭德睿一起合作，研究透光镜。1975 年，终于将透光镜的原理弄清楚并复原成功，研究成果在 1978 年全国科学大会上获奖。

"日本在明治年间也有这种镜子，叫'魔镜'。我们在2000年前的西汉就有了。通过这个透光镜我接触到了中国古代青铜器，发现老祖宗真了不起，很多青铜器上的技术，我们现在还真做不了，或者做出来也不如那时的好。这样，我就来兴趣了。我发现自己不适宜在工厂，更喜欢做些研究。"

1981年，谭德睿从仪表局调到上海博物馆，专门从事古代青铜技术、铸造史和艺术铸造研究。

他在博物馆也工作了20年，他说："这个20年，是我科研上比较自由得意的20年。我在博物馆系统创造第一家古代金属技术实验基地，出了多项科研成果，还开辟了一个新学科，提升了我国的一个产业，叫艺术铸造。目前中国这个产业的规模和产量已居世界之首，全国有好几百家，有几家企业已发展成国家文化产业示范基地，产值一年好几个亿，而且打到国外去了。"

谭德睿完成的多项中国古代青铜器成形与装饰技术重要研究课题，全部模拟古法复原成功，多次获文化部和国家文化局科技成果一、二等奖。其中一项科研成果，是研究出 2500 年前古越国的越王勾践剑是怎么做出来的，并按古法复原成功。

谭德睿在沪接受《嘉兴日报》记者采访（摄影　沈秀红）

【对话】

“越王勾践剑，我要送一把给故乡嘉兴”

记者：谭家人是嘉兴人，最早是明初从湖南迁到绍兴，明朝弘治时期迁到嘉兴。但此前听到有种说法，谭其骧是嘉善人，是否源自您曾祖父谭日森的次女家骥嫁给了嘉善监生孙家？

谭德睿：我父亲的姑妈嫁到嘉善孙家。谭家当时在（嘉兴市区）芝桥街 24 号。原来在勤俭路以南，现在没有了。

海盐的绮园以前是冯家花园，我父亲 4 岁到 7 岁，就在冯家。到我祖父那一代就家道中落了，那个时候冯家的夫人就是我父亲的姑妈，姑妈就一个女儿，让他待在那里，待了 3 年，想过继给冯家。后来不知道是姑妈还是姑父死了，这个事情就算了。20 世纪 80 年代后，海盐文化局方志办请我父亲去，重游冯家花园，还题了字。

记者：谭家住在嘉兴城内芝桥街 24 号，是谭日森置下的一幢两层楼房，有二三百平方米。外界一直感觉是世家大族。连邻居唐兰（著名古文字学家、考古学家）也印象深刻："我家怎么能与他家比呀，他家摆出来的马桶都有一长排。"您去过老宅吗？

谭德睿：我是进了文物考古界才知道唐兰是古文字方面的大家，造诣很深。我父亲出生在奉天（沈阳），家里父辈人称呼他奉哥、奉弟。当时我祖父在皇姑屯当火车站站长，就是张作霖被日本人炸死的皇姑屯火车站。

我出生在北京，我陆陆续续去过嘉兴好几次，没过夜，所以印象不深。

谭家的房子我没去过，在市区的谭家祠堂我去过，江南古典园林，蛮高雅的。不是很大，可是很美。还有杭州灵隐寺正后方曾有“谭氏墓道”，松柏长青，松鼠跳跃其间，很有气派，是清朝嘉兴谭家最富裕时期兴建的，父亲曾带我们去扫墓。可惜都毁了。

记者：说起来您祖父谭新润与《嘉兴日报》有渊源，他在 20 世纪 20 年代曾担任了一年多由嘉兴商界主办的《嘉兴日报》主笔，您知道吗？

谭德睿：葛剑雄《悠悠长水》里有谈到，我父亲跟我也谈起过。我祖父那一辈已经家道中落了，祖父又在皇姑屯火车站任上中风而返乡，经济非常困难。我父亲是六兄弟，还有两个姐姐，一共8个兄妹，男的我父亲是老四，前面3个哥哥和两个姐姐都没有念大学，就是因为没钱。后来因为谭家祠堂还有一点地产，就拿地产的租金和利息，供谭氏后人的子女去念书，正好我父亲挨上了，他是第一个，后面的老四、老五、老六都念大学了。

记者：您父亲做了一辈子学术，平时有哪些兴趣爱好？

谭德睿：父亲是昆曲票友，还是上海京昆剧团一个业余组织的会长。他还爱听评弹。父亲在北京时，吴晗写了现代京剧《海瑞罢官》，特地派车接父亲到西园看戏，演戏的都是名角。演完后，吴晗得意地问我父亲怎么样，我父亲说不怎么样，父亲解释道："这不是京戏，京戏是讲唱功、做功的，你那是编故事。"我父亲是从京剧艺术上来评判，没想到后来变成政治了。我父亲也被卷进去了。

记者：什么原因呢？

谭德睿：因为姚文元写了《评新编历史剧〈海瑞罢官〉》，时任上海市委副书记的张春桥先是发给上海一些名教授看，看完以后由《文汇报》出面搞一个座谈会。这些人畅所欲言，都批姚文元这篇文章。那个时候讲好座谈是不登（报）的，结果过了没几天《文汇报》就登出来了。后来因为这个座谈会死了好几位名教授。

记者：您和您母亲被划为右派，为什么您父亲倒没有呢？

谭德睿：反右是1957年，当时有指标，大学生15%被划为右派。我到了1958年才补戴上（右派帽子）。我母亲心直口快，她那时是小学教师，看不惯校长一些措施为人，就放了炮，然后就在劫难逃了。父亲大概是因中央领导让他编历史地图册而受到保护。我可能沾了点儿父亲的光，给我的处分是右派分子里最轻的，开除团籍，留校学习。

记者：后来您为什么潜心研究越王勾践剑？

谭德睿：这是因为，我祖籍是嘉兴，我想越王剑的研究与复原还是要浙江人来完成。越王勾践剑上八个字"越王勾践自作用剑"是唐兰考证出来的。越王勾践剑古人怎么做的，是我研究出来的。都是嘉兴人，这是因缘巧合。我研究了3年，复原出来了。上海博物馆还专门开了国际青铜技术学术研讨会，把当时做过相同研究的专家包括外国专家都请来了。我宣读了研究成果，展示了复原出来的青铜剑，他们都承认我的结论是对的，后来在国内外也发表了研究成果。曾有好几家企业找我合作研制，我担任过中国传统工艺研究会会长，我想祖先如此高超的技艺应当传承，先是想与浙江的生产厂家合作，没合适的，假冒伪劣产品倒是出了不少。最后我选择与山西一家国家文化产业示范基地合作，讲好按古法仿制，传承技艺，限量制作。有一些基本功和做模型的材料还没解决，估计今年底或明年完成。做出来后，我要送一把给故乡嘉兴。送给嘉兴就是奉献给古越国之地浙江。

记者：听说您在让人做父亲的雕像，做得怎么样了？

谭德睿：父亲的雕像泥塑稿已经做好了，我特地请的美籍雕塑家，我和他约好七八月去雕塑工厂，一起修改泥塑稿后铸造成铜像。我们决定捐赠给嘉兴。

记者旁白：市区现有一尊谭其骧雕像在勤俭路某银

行门前（靠近谭家祠堂旧址），一些不明所以的人误以为谭其骧是银行老板。做得也不像。经过谭家后人的多次呼吁，嘉兴市建设局决定，将谭其骧雕像迁址至秀州中学大门对面（1923—1926年谭其骧就读于秀州中学），与省身亭作伴。届时将启用谭其骧后人捐赠的新铜像。

（2014年6月13日）

孙道临后人：我要老百姓的自由

许金艳　李若愚

【名片】

孙道临（1921.12.18—2007.12.28)

嘉善人，著名电影表演艺术家。代表作品《永不消逝的电波》《早春二月》《渡江侦察记》等。

孙道临和夫人王文娟育有一女孙庆原。

2014 年 8 月 12 日，上海浦东机场，孙庆原为去美国学工科的儿子送行。

1987 年，她的父亲孙道临、母亲王文娟曾在虹桥机场送别赴德留学的女儿。孙庆原体会到了父母当年送她时心里空落落的感觉。

她以为，这也算是让儿子去完成他曾祖父对他祖父的希望和寄托。

一百余年前的上海，孙道临的父亲孙文耀从震旦大学预科毕业，考取官费留学，赴比利时攻读土木专业。

孙文耀希望子女能学理工，实业救国，孙道临没有听；父亲让他别搞文艺，他也没听。

孙道临出生在嘉善书香之家，这个孙家的第五个孩子，后来成为中国电影百年标志性人物，亦是中国电影史上代表男演员的一座丰碑。诗人西川说，在孙道临的身上，集合了一个时代的道德、修养、热情、才华。

“父亲是一个很执着、很独立的人”

1940年，深秋，不到20岁的孙道临满怀心事从北平回到故乡浙江嘉善。

当时的北平已沦陷，上海早已爆发了淞沪抗战，他的故乡也在日军的铁蹄下，嘉善码头上挤满苏淮一带逃难来的难民，让这个忧郁的青年触目惊心。

孙道临后来回忆：

“那是我首次离开了家，独自住在故乡，一个荒凉的小城里面，最初是一点故昔之情静润着我，使我的心情很平稳，城里面的乡音和街道，和缓缓行过物，都给予我安静的心情。”（孙道临《鹰之歌》）

孙道临在他的远房姑妈家住了一个多月。一些嘉善人今天依然记得他们的长辈曾说起，当年这位儒雅斯文的孙家少爷如何走过小城的街道。

孙家是嘉善的名门望族，几代人都是江南有名的诗人和书法家。在《燕兜孙氏家乘续谱》中记载着：孙以亮。这是孙道临的学名。他祖父是前清举人，父亲孙文耀13岁就考上了秀才，后到上海法国天主教会办的“震旦学院”改学西学，与同校的翁文灏、胡文耀并称“震旦三文”，名噪一时。孙文耀留学归国后在北京政府交通部任技正（今总工程师）兼考工科长。孙道临的母亲大名叫范念华，长着一张圆圆的脸，来自嘉善一个望族。

1938 年，孙文耀病重，家境窘迫，他卖掉房子，供儿子孙道临到燕京大学读书。

在孙庆原看来，孙家很看重教育，“我的爸爸和他的兄弟姐妹都是燕京大学毕业的，都是读书人。爷爷要求子女们自立。你活在这个世界上，要为这个社会做些事”。

孙文耀曾这样告诉他的子女，他不会留一样东西给他们。1949 年 6 月，在魏塘镇的祖屋病重弥留期间，他留下遗嘱，把祖上传下来的位于嘉善朱家埭的房屋、乡下 300 亩土地和千余册图书全部捐献给政府。

孙道临的出生地——孙家在北京西安门内惜薪司 18 号宅子的垂花门上曾贴着这样一副对联：忠厚传家久，诗书继世长。

孙道临从小就养成了沉思、严谨的性格。他后来选择哲学作为他终生的专业，也与儿时印记不无关系。

他 16 岁时，在崇德中学以集体入党的形式由党的外围组织“民先”转入中国共产党。因为参加学生抗日运动，几次入狱。少年时候的他常为自己存在的价值被践踏、被蔑视而痛苦不已。

在孙庆原看来，父亲是一个很执着、很独立的人。“他16岁就有了自己的信仰，对自己的信仰从来没有改变。这一点让我很佩服。”

1942年6月，脸上都是绷带的孙道临从狱中出来就失学了——燕京大学被迫关闭。家境困难，他接受父亲的劝告独自去养羊，自食其力。这是他一生特殊的经历。一直到1946年夏，他才又回到燕京大学读书。

孙道临和女儿讲起过这段放羊的经历。“他说，那个时候送羊奶去卖，跟同学两个人躺在床上，明明说得好好的，明天要去卖多少羊奶，卖给哪些人，但是一到外面市场推销，实际情况完全跟他想象的是颠倒的。”在孙庆原看来，父亲是一个很浪漫的人，更像一个学者。“但正因为是他这样的秉性，成就了他在艺术上的造诣。”

影响孙道临走上电影戏剧之路的人叫黄宗江。孙道临和黄宗江同岁，他们是崇德中学校友，两个人的父亲都是留过洋的工程师，又同年进燕京大学。黄宗江进燕京大学后，就开始和同学张福骈一起组织燕京剧社。

孙道临后来回忆，1939年春天，剧社决定排练《雷雨》，原想找他演周冲，因他毫无舞台经验，决定让他当剧务和场记。

那是孙道临第一次参加戏剧活动。他的戏剧生涯就此开始。

1939年，黄宗江邀请孙道临参演自己翻译的话剧《窗外》，这是他第一次上台演出。

孙庆原记得父亲带她去看《永不消逝的电波》，这是她第一次在银幕上看到父亲的形象。

看到电影里父亲受刑的时候，她伤心大哭。“父亲说：‘不要哭，我就在你旁边。’”

孙庆原认为他的父亲也许不是一个天生的演员，“但他是个靠自己内心去演戏的人”。

当时的孙道临在银幕和舞台上演了很多罗曼史，还被人称为“台上台下悲伤流泪的孙大雨”，可在现实生活中却迟迟不谈恋爱不结婚。

直到他年过35岁，有一天突然找到黄宗江和他的妹妹黄宗英，开门见山地说：我想结婚了……

黄宗江曾说他的这位好友是首诗，是一首舒伯特和林黛玉合写的诗。孙道临的林黛玉正是黄宗江做的媒。

孙道临、王文娟结婚照（嘉善县政协文史委供图）

王文娟是浙江嵊县人，那里是著名的越剧之乡，她自小背井离乡到上海跟表姐竺素娥学戏。19岁时在《碧玉簪》中就是头肩花旦。1962年7月2日，两人成婚。唯一的女儿孙庆原生于1964年。

“父亲最注重的是我的精神食粮”

孙道临给女儿取名叫庆原，是为了纪念中国原子弹爆炸成功。按祖传的家谱，女儿应该是“经”字辈。

孙庆原的名字是家族中（她这代）唯一没有按家谱取名的，孙道临为此写信给自己的兄弟姐妹，陈述理由，恳请理解。

孙庆原的童年、少年都是在武康大楼的家中度过的。武康大楼在上海淮海中路与淮海西路交接处，楼身侧看很像一艘大船，原来的名字叫诺曼底公寓，由旅居上海的匈牙利设计师邬达克设计，解放后上海的一些文艺界名流入住此间。

1965 年，孙道临一家住进武康大楼，那时孙庆原才牙牙学语。从孙庆原有记忆开始，家里很挤。“我们一家子好几个人住三间房间，我的舅舅、舅妈和外婆跟我们住在一起。”

女儿是孙道临人生中重要的一部分，但孙道临继承家风，对女儿非常严格，以至于她小时候怕自己的父亲。

孙庆原清楚地记得这样一件事：“父亲前一天跟我说好今天把琴弹好，他晚上回家带我去看电影，但是我没弹。晚上他回来的时候说，电影票已经买好了，你把琴弹一遍给我听。但是我弹不出来，他当场就把票撕掉了。”

父亲教育她：“你的承诺，你要兑现，要做一个可信任的人，说了话就要算数。”

除了学习，孙道临非常注重对女儿生活能力的培养。

孙庆原小时候身体不好，父亲只要在家，每天早晨不管多冷，都要带她一起跑步，6 点半准时把她从被窝里拉起来。“从幼儿园一直到小学三四年级，这个习惯坚持很多年。”

8 岁那年，孙道临开始教女儿骑自行车，用的是孙道临的“老坦克”。黑色的“老坦克”又高又沉，她几乎是站在上面骑。在安静的余庆路上，父亲来来回回扶着车跑。“因为他觉得骑自行车是一门本领，在上海你一定要学会骑自行车。现在想来，那时的爸爸已经年过半百了。”

孙道临的“老坦克”是 1964 年买的，凤凰牌，黑色车身，28 英寸。“文革”的时候，为了这辆自行车不被抢了去，他的母亲遭遇人生第一次耳光。这辆“老坦克”现在被收藏于电影博物馆。

作为艺术家庭的孩子，孙庆原的童年是孤独的，因为父母常年外出演出不在家，她和外婆住在一起。

小时候别的孩子都不愿意去幼儿园，但她却盼望去幼儿园，反复问父亲："你什么时候带我去啊？"因为到幼儿园就可以跟小朋友一起玩了。

孙庆原毕业于上海外国语学院，读的是英文文学专业。大学毕业后她工作了一年，跟着当时学工科的男友一起去了德国留学，选择的是自己感兴趣的企业管理。

她在德国汉诺威大学念了两年，后找到了工作。"我们当初不像现在的留学生，生活都由父母资助。那个时候一方面受生活条件限制；另外我觉得学的是企业管理，需要实践经验，我可以在实践中学习。"

在德国的9年，孙道临知道女儿喜欢看《新民晚报》，每个月都给她寄厚厚的一叠《新民晚报》，"父亲最注重的是我的精神食粮，母亲更偏重我的衣食冷暖，所以他们两个人给我寄的东西不一样，妈妈会寄些衣物零食和南北货"。

父亲的意思，是希望女儿人在国外，也要关心国内的事情，不要和国内有脱节。

孙庆原的性格比较像父亲，做事认真，自律，比较有计划性。

她从2000年起在美国通用电气公司工作。她的丈夫朱解鸣在一家德国公司做管理工作，他们有一子一女。儿子高中毕业后去了美国留学，“女儿很会写文章，《孙道临自传》一书中其中一篇序言就是我女儿9岁左右写的”。

孙道临不仅是艺坛上的常青树，他还做过不少影视剧的导演。1996年，这对夫妻还合作了一把——越剧电视剧《孟丽君》由他导演，王文娟主演。晚年，他把很多精力放在播音和朗诵上。

孙道临曾对女儿说，要把对一些问题的思考，用“留言”的形式写下来。可是2005年，他因带状疱疹住了很长时间的医院，记忆力很受影响。

2005年，上海节目主持人曹可凡在医院采访了他，准备做一档《可凡倾听》节目，他让女儿到家里找来烫好的衣服，可是他不满意衣服的色调。王文娟给他换成米色西装，白衬衫，绛红领带。

孙道临一生都喜欢白色。孙庆原说：“他要求你出去见人要穿得整齐，这是对别人的尊重。”

孙道临对故乡嘉善感情很深。每次回去，都会去父母的墓前跪拜。

嘉善魏塘城中的下塘街孙宅，曾是孙道临的父亲出生的地方。孙庆原说，好几年前她曾和姑姑去找过，看到的是一地碎片，“后门一条河都平掉了”。她父亲的哥哥姐姐和他们的后代，基本都在海外和北京。据嘉善县政协文史委的人介绍，留在嘉善老家的，有孙道临的堂弟孙以冕。

2007 年春，孙道临电影艺术馆落成，这是中华人民共和国第一座以个人名字命名的电影艺术馆。落成之日，孙道临应邀回故乡，这是他最后一次回故乡。

当日，当参观者潮水般涌进艺术馆展厅时，他顽强地离开轮椅，在亲人的搀扶下，缓缓走向长廊。当走到母亲的照片前，他停了下来，拍了拍女儿的手说：“这是你祖母——我的母亲。”

2006 年全家福，孙道临夫妇和女儿一家四口（孙庆原供图）

1966 年，他被打入“牛棚”，他的母亲快死了，他得不到回家许可。等到他回家后，母亲的身体已经冰冷了。

2007 年 12 月 28 日，这位从燕京大学哲学系走出的艺术大师离开了人世。他去世后穿的衣服，也是他生前配好的，那是他为下一场演出做的准备。

【对话】

“对社会有贡献，并不妨碍我去做个自由的人”

记者：黄宗江说你父亲是一首诗，是一首舒伯特和林黛玉合写的诗，你怎么理解这句话？

孙庆原：父亲和母亲成长在完全不同的家庭背景里，虽然有如此多的不同，但他们合起来就像一首诗一样，那么和谐。这是我对宗江伯伯这番话的理解。

因为爷爷是个留学生，父亲的生活方式比较西化，包括饮食，他会做很多西餐。妈妈小时候生活在浙江农村，喜欢吃的是浙江菜，腌的咸的酱的，妈妈的饮食是非常中国化的。虽然生活背景不一样，但他们有一个共同的追求，就是对艺术的热爱，对生活永远有一种积极的态度，所以他们又是非常相像的。

记者：你觉得父亲一生受谁的影响最深？

孙庆原：父亲的善良以及做事态度都受到了家庭的影响，但他的思想非常独立。他认准的理，就会坚持下去。

记者：艺术家的父亲在生活中是什么样的？

孙庆原：父亲非常幽默，跟他不熟的人可能会觉得他很严肃，会让人害怕，但在跟他接触以后，你会发现他是个非常有意思的人。跟他在一起你会一直笑，但他不笑。他生病的后期，我去看他，我说，你要运动，你老坐着不动，肚子会越来越大。他说："唉，你不懂，我肚子大是因为我满腹经纶。"

记者：你后来从事的是企业管理，父母对你的选择是什么态度？

孙庆原：父亲觉得没问题，他非常尊重我的选择。只有一次，我在高中选择文科还是理科的时候，比较关键的时刻，他帮我做了决定，让我去学文。

我见的几乎每一个人都会问我同样一个问题，你为什么没有走你父母的那条路？当然，如果你做的事和父母的专业是一样的，可能更容易成功；但你做了不同的专业，虽然不能达到父母那么高的高度，但更能证明自己。

记者：你是不是不那么喜欢文艺？

孙庆原：我觉得从事文艺的人很少自由，我不是很有欲望去做文艺。其实做演员很不容易，一直生活在别人的关注中是很累的，他们要比普通人承受更大的外来压力，包括他们的小孩也挺辛苦的。

自由做人，做你想做的事情，我觉得这点很重要，也很珍贵。当然我对人生也有自己的看法，要可信，要自律，要对社会有贡献，但这并不妨碍我去做个自由的人。我的人生观，简单说，我不要在光环下，我要自由，我要老百姓的自由。

记者：现在有种说法，说从事父母的职业，可以享受祖荫。

孙庆原：享受祖荫并不需要从事父母的职业，我平时接触人更容易得到别人的信赖，这就是我享受到的祖荫。

（2014 年 8 月 29 日）

陈省身后人：父亲留给我们的最大财富是做人的方式

沈秀红　陈　苏

【名片】

陈省身（1911.10.28—2004.12.3）

嘉兴人，数学家，“微分几何之父”，首位获得世界沃尔夫数学奖的华人，他被杨振宁誉为继欧拉、高斯、黎曼、嘉当之后几何学又一里程碑式人物。

陈省身有一子一女，儿子陈伯龙，女儿陈璞。

10月20日早上，秋日的暖阳正好。8时10分，我们穿越半个嘉兴城，如约赶到市区一家酒店，陈璞已在大厅等着我们。

陈璞是陈省身的女儿，现居美国，此次和先生朱经武应邀来禾参加嘉兴学院百年校庆。

在这座小城，在嘉兴学院，嘉兴之子陈省身已然成为一种精神的化身。陈省身纪念馆、陈省身奖、省身讲堂……他题写的校训“方正为人、勤慎治学”，镌刻在嘉兴学院大门口一块石碑上，至今10年，激励了无数学子。而他和他女婿朱经武（世界物理学家）相继成为嘉兴学院名誉院长，更传为佳话。在他少时求学的秀州中学，一尊省身雕像、一座省身亭是对他永远的纪念。

齐耳短发，棉质灰竖条纹白上衣，藏青色裤子，脚上一双运动鞋。陈璞的穿着简单素朴，待人亲切平和。1948年2月，她出生于上海，12月31日因父亲接受普林斯顿高级研究所邀请，全家赴美。此后她在美国长大并接受教育，虽不认识汉字，但中文口语流利。

儿孙在各自领域精彩

1990 年全家福，陈省身、郑士宁夫妇（第二排右一和右四），朱经武、陈璞夫妇（第二排左一和左四）和他们的一双儿女（前排右和左），以及陈伯龙夫妇和他们的一对双胞胎女儿（图片来源《陈省身传》）

“天衣岂无缝，匠心剪接成。浑然归一体，广邃妙绝伦。造化爱几何，四力纤维能。千古寸心事，欧高黎嘉陈。”这是杨振宁为陈省身写的一首诗，他对陈省身的评价为业界认同。在许多人眼里，陈省身等同于20世纪下半叶的几何学。

但在一双儿女眼中，作为父亲的陈省身，既是个普通人，又与一般人不同。儿子陈伯龙曾说：“我的父亲是个普通人，只不过恰好具有数学天分。”女儿陈璞则曾跟父亲说：“你是很特别，才可以成功。”

陈省身与辛亥革命同年，出生于嘉兴秀水县下塘街（现建国路665号）。他的数学天分在少年时就已显现。1920年，这个只上了一天小学的9岁孩童，跳级考取了秀州中学高小部，当时，他已经能做相当复杂的算术题。

11岁那年，随父离开故土，前往天津。15岁，他跳了两级考取南开大学时，数学是全体考生中的第二名。91岁，已是国际数学大师的陈省身，在出席中国少年数学论坛时题词：数学好玩。

儿子陈伯龙和女儿陈璞都继承了陈省身过人的智商，但都没有“玩数学”。

陈伯龙1940年8月出生于上海。正值烽火连天的抗战时期，陈省身在西南联合大学，不仅未能见儿子出生，直至1946年抗战结束后才见到儿子，儿子都6岁了。

陈伯龙曾经是数学专业的研究生，后来转学精算，进了保险业。

他在本科时曾经修过微分几何，遇到难题也曾向“微分几何之父”的父亲请教。读研究生时，他自然而然地选了数学专业。但在参加第一个数学讨论班后，他就意识到自己成不了数学家。

父亲建议他尝试精算学，认为商业世界或许更适合他。

陈璞和我们聊起这段往事笑着说：“对我父亲来说，数学一直很简单，他觉得每个人应该都可以做。但通过哥哥这件事，他发现并不是每个人都适合做数学。”

对儿女来说，陈省身是一个“标准的父亲”，不幽默，也不严厉。女儿谈恋爱了，他托老友杨振宁打听朱经武的为人。结果杨振宁说“朱经武很聪明，但陈璞更聪明”。陈璞记得儿子朱俊杰学设计时，想见见华人建筑大师贝聿铭，作为外公的陈省身很快满足了外孙这一愿望。

陈璞起初选择学物理时，父亲也觉得蛮好的，还跟她说："有吴健雄可以做榜样。"谈到改学经济，陈璞笑了："结婚后，觉得一个家庭有一个物理学家就够了。选经济，也是父亲以前说过，一个普通小孩，学一个东西觉得简单的话，可能会学得好一些。"陈璞发现经济很简单，因此她决定改学经济，并获得经济学博士。

一双儿女，虽然没有继承陈省身的衣钵，没有像陈省身一样在30多岁就发表《闭黎曼流形的高斯－博内公式的一个简单内蕴证明》《Hermitian流形的示性类》这样划时代的理论，成为一代数学大师，但他们在各自的领域内精彩。

陈伯龙后来进了保险业，做精算师。现在基本退休了。

而陈璞博士毕业后，先在一家大银行做了5年。她发现在银行做的东西完全可以自己做，就自立门户。此后，她认识了一批台湾企业家，想在美国开个银行，"因为银行在美国规矩比较多，他们不知道怎么办，我就帮他们做。几十年，我都在金融界"。

对陈省身来说，除了一双儿女，他还有第三个"孩子”——南开数学研究所，这是他最后的事业。他和夫人早早立下遗嘱，将遗产一分为三，除了一双儿女，还加上了南开数学研究所这个“幼子”。

从 1972 年，时隔 23 年第一次回国，他就希望为中国数学做点事情。

南开数学研究所，从 1985 年 10 月 17 日呱呱坠地，是他一手“拉扯”成长的。

2001 年，陈省身建议在南开大学建世界一流国际数学研究中心，他的提议得到南开乃至国家的大力支持，2003 年 7 月，南开大学国际数学研究中心大楼施工。他曾说，从规模和配套设施上来看，这座大楼已可称得上是“世界数学中心的第一”。那里离他晚年居住的宁园很近，他常常坐轮椅去看。

2005 年，这座大楼被正式命名为“省身楼”，投入使用。

陈省身一直希望南开数学研究所能成为国际数学中心。他的另一个心愿是，21 世纪中国成为数学大国。他曾写下了这样的诗句：“一朝数学大国日，家祭无忘告乃翁。”

2004年，陈省身病重住院，仍牵挂着中国的数学。“我就是不放心，我们能不能做出好的数学来。”这是他最后交代的事情，第二天就昏迷了，之后，他再没有说出一句话。

陈省身葬在“省身楼”旁河边一处绿树掩映的斜坡上。不知他是否知道，他的墓碑是外孙朱俊杰设计的。

这方高2.1米，一面凹、一面凸、一面平的墓碑，整体横截面为曲边三角形，象征高斯－博内－陈公式的最简单情形，正面犹如一块黑板，上半部为陈省身证明高斯－博内公式的手迹，下半部写有陈省身夫妇的生卒年月。四周用黑白相间的石条铺成了一个呈不规则菱形的广场，数学大师就长眠在菱形一角的地下。黑板前有23个矮凳，令观者仿佛置身一个露天教室。

朱俊杰用自己的专业完成了外祖父生前的愿望：百年后，和夫人骨灰埋在南开校园，上面盖个亭子，没有墓碑，没有坟头，却有一块黑板，供后学演习数学。

【对话】

"父亲一直看得很远很宽"

记者：您的父亲从小就表现出数学上的天赋，后来成为一代数学大师，您从子女的角度看，主要原因是什么？他的几次选择(注:考取南开,就读清华,负笈汉堡,访学巴黎，后来到普林斯顿，最后从伯克利大学返回南开）都很关键，反映出他的远见。

陈璞：一方面，父亲一直看得很远，很宽。他一直对全国乃至世界学界的情况比较了解，他有世界视野。同时，他没有限制，不一定非得这样那样。另一方面，他不跟人走，不随大流，什么时髦别人搞去，他不会跟。那时很流行去美国留学，他却退一步考虑。应该往哪边走，他主要看自己想要跟的老师——布拉施克教授，所以他去了德国汉堡大学。在思维上，他也是不跟着别人跑的那种人，他常常突破方法和方向，他总有新的想法。

记者：作为女儿，您对父亲的印象最深的是什么？

陈璞：他对所有人都非常好，平等、尊重，不会在乎他的背景。

记者：在家庭教育上，他对你们是否像媒体报道的，很“放纵”？

陈璞：（大笑）是的。父亲对我们一直很放松，让我们选择自己的路。但他也想帮忙，比如说我们遇到什么问题，他也会帮我们想怎么来解决问题，包括以后走哪条路。

记者：他留给你们最大的财富是什么？

陈璞：我觉得很重要的一个就是做人的方式。还有一点，我父亲很成功，但我觉得他不一定在一开始就知道自己会成功。我们每个人在选择自己的路时，你不知道自己会不会成功，何时会成功，但不管怎样，还是应该想办法做点事情，不变成社会的负担。可以帮助社会多做一点更好，少做一点也无妨。另外，想问题多往新的方向想，每当有新的想法产生，最有意思了。

“陈省身奖”会一直颁下去

记者： 您在管理您父亲的基金会，做了很多工作，包括和国际数学家联盟合作推出“陈省身奖”，能谈谈这个基金会吗？

陈璞： 父亲其实有两个基金会，一个从 20 世纪 90 年代就开始了。父亲有个企业家朋友，当时，中国经济还不是那么发达，这两个老头谈起来，想为中国做点事情，就设了这个基金会。主要是帮忙中国和数学，就是将国外的数学家请到中国来，帮助中国留学生和教授出国参加会议。

现在国内经济发展了，无论是请国外数学家来，还是送中国学生和教授出国都有条件了。我也在考虑，怎么样去运用这两个基金会继续帮助数学和中国。有一年我在香港，参加邵逸夫奖颁奖，朱经武就说，我们也应该以父亲的名字设个奖。当时，很多权威数学家都来香港参加邵逸夫奖颁奖，我和他们交流，他们都说很好。

这个奖当然不是我去选颁奖对象。当时，世界数学家大会刚在西班牙举行，2002 年在北京开会时，父亲还在。我就想国际数学家联盟每 4 年开次会，已经有几个数学大奖由他们管理，如果我们也交给他们的话，会很专业，基金会则负责提供基金。奖金 50 万美元，4 年一次，我的压力也没有那么大。

当时，有朋友建议，50 万美元奖金不全给获奖人，而是“个人 + 机构”，一半用来奖励数学家，一半由获奖人用来支持数学发展，给哪个机构，由获奖人自己决定。我很喜欢这个想法，不是全部为自己，而是为数学界。父亲生前一直很支持数学的发展，也为数学界捐赠很多钱，所以这也是他的一贯做法。

（旁注：2009 年 6 月 2 日，国际数学联盟宣布设立“陈省身奖”，这是国际数学联盟首次以华人数学家姓名命名的数学大奖。“陈省身奖”为终身成就奖，授予“凭借数学领域的终身杰出成就赢得最高赞誉的个人”，奖金分配正如陈璞所希望的。）

这一次我们很高兴，我们今年 8 月刚颁完第二届“陈省身奖”，今年世界数学家大会是在韩国首尔举行，获奖者是普林斯顿大学高等研究院的名誉教授菲利普·格里菲斯。他近一二十年里一直对非洲的数学发展很有兴趣，他将奖金中的25万美元给了非洲。我觉得很不错，这正符合我父亲的做法。

记者：您虽然没有继承父亲衣钵，但在您的努力下，“陈省身奖”正是在达成您父亲的心愿？

陈璞：是的。这个奖会一直颁下去。

记者：除此之外，您还帮父亲做哪些工作？

陈璞：加州有个数学研究院，也请我当董事。

每个人都应该找自己的路

记者：您的中文说得挺不错的，听说这得益于您的母亲，您的母亲为家庭付出很多。您的孩子中文如何？

陈璞：对不起，我的中文不太好。我的母亲主要操持家庭。父亲平时做事很忙，没有办法顾全家庭。

我的儿子不大会说中文，女儿还行，他们的孩子就比较麻烦些。不过，现在在美国学中文比较容易，只要对中文感兴趣，在中学就可以学。以前我们都是中文学校，周六学 3 个小时，剩下靠父母。我是靠我的母亲，但我这个做母亲的靠不住，所以我小孩中文就……（大笑）

记者：您和哥哥发展都很不错，能跟年轻的朋友分享一下你们的经验吗？

陈璞：每个人的个性不同、长处不同，家里情况也不同，每个人都应该找自己的路。怎样去找？我想这不是一个 magic（魔术），不是一下子就找到的，是个逐渐的过程。

记者：您和哥哥都有两个孩子，他们在做什么？他们了解您的父亲吗？

陈璞：我有两个孩子，大女儿朱永真 40 岁，学医，现在是眼科医生，她有两个男孩。儿子朱俊杰 33 岁，设计师。最初学建筑，后来没有做建筑，他自己开公司，从设计到缝制，从帆布袋到皮袋，也包括钱包（欣然拿出自己用的钱包展示，正是儿子设计的，很注重细节），商标也是自己的，主要在网上销售。现在他还在洛杉

2014 年陈璞在接受《嘉兴日报》记者采访时，展示儿子朱俊杰设计的钱包（摄影　陈苏）

矶一家世界性的大型广告公司做设计师，下班则设计自己的产品。

我哥哥领养了一对双胞胎女儿，一个在东部做康复，一个在西部做房产经纪。

我的孩子与父亲相处时间多一些。以前，我们住在休斯敦，夏天很热，就去加州我父母那儿避暑，他们对我父母更了解一些。我哥哥他们住在东部，相处少一些。

记者：您的父亲11岁离开嘉兴，但对故乡很有感情，晚年曾多次回嘉兴，1988年还写过文章《嘉兴，我的故乡》。他回来过几次您知道吗？您和哥哥来过几次？您对嘉兴有何印象？第三代呢？

陈璞：他回国后，常常来嘉兴。我印象中，似乎每隔一年就回来一次。（旁注：1999年至2004年陈省身每年回一次嘉兴）我来过(嘉兴)3次。头一次是1972年，父亲头一次回中国，我跟父亲来了嘉兴；之后是2000年，秀州中学百年校庆。对嘉兴我不是很熟悉，因为每次只待几天，车来车往，连方向我都还不十分清楚，而且中国一直在变，我每次（回来）间隔也比较长，感觉很不一样，变化非常大。我的孩子回过中国很多次。

（2014年10月24日）

后 记

明文学家张岱曾言：嘉兴人开口烟雨楼，天下笑之，然烟雨楼故自佳。三百多年过去了，嘉兴人开口，除了烟雨楼，还有近现代那一个个名头很响的大咖：国学大师王国维，艺术奇才李叔同，漫画家丰子恺和张乐平，文学家茅盾，诗人徐志摩和穆旦，武侠小说家金庸，翻译巨子朱生豪，史学大家朱希祖，出版巨擘张元济和陆费逵，学者、书画家张宗祥，兵学泰斗蒋百里，数学家陈省身……

早有人说，浙江文人占据了“五四”以来中国现代文学的半壁江山，而嘉兴文人又占了浙江的近三分之一；再加上艺术、科学诸界，嘉兴出产的大师级人物之多，拿眼下时髦的一个词来讲，那就是：现象级。

作为副刊人，自然无法对此现象熟视无睹。只是这次，我们切入的视角变了：追踪名人子嗣，透过他们的目光来看先贤，同时关注“名人之后”这个群体的成长和生活状态，关注一个个特殊的家族在风云变幻的历史进程中的变迁。个人和家族变迁的背后，是什么？2012年2月起，“名人之后”以重榜文化专栏的姿态亮相于每周五的《嘉兴日报》副刊“江南周末”头版。长达3年的寻访，采访团队的足迹到过京、津、沪、杭、穗等城市，前后一共采访到了25位嘉兴名人的后代，刊出了28个版面，还原了一段段或被湮没或被扭曲的历史，收集到了不少珍贵的图片、视频资料。

像徐志摩的后人，都在美国，非常低调，而且不会中文。更意外的是，在分配采访任务时，“志摩后人”这个采访任务居然无人（姑娘）愿意“认领”。看来徐志摩与3个女人的情感纠葛随着电视剧的热播被无限放大，让人们特别是女性对徐志摩的为人产生了不好的联想，甚而有了成见。

通过电子邮件，我辗转与徐志摩嫡孙徐善曾先生取得了联系，并完成了采访，前后历时半年。2012年11月16日，《名人之后》栏目第一次以跨版形式推出《志摩后人，悄悄的来》大型报道，反响很好。徐善曾来信表示要珍藏这份报纸。此前，他还没有接受过任何一家中国大陆媒体如此深入的采访。此后，我们一直保持联系，他对国内特别是家乡海宁所有与祖父有关的活动都很关切。

2017年春，徐善曾来信告诉我将于4月应邀回中国参加徐志摩120周年诞辰系列纪念活动，到时可一见。在杭州的纪念活动中，我就他花数年时间写成的英文版徐志摩传 *Chasing The Modern*（中文译名《志在摩登》）采访了他，弥补了当年没能当面采访他的遗憾。

长达5年的联系与互动，孙辈眼里的徐志摩在我眼前如此生动。而随着阅读的深入，视野的拓展，我对徐志摩的了解也突破了当初的局限——徐志摩，不应该只是一个普罗大众眼里的风流诗人；他的散文，正如梁实秋等人评价，在其诗之上；而他写的政论文章，数量不多，其字里行间显现的对时局和国际关系的过人识见近年逐渐为人所重视。

非常遗憾的是，我花费半年时间采访写成的志摩后人的文章，竟被山东济南一家媒体的副刊记者剽窃。个中详情不在此细述了。

幸而，这样不愉快的插曲并不多。我和我的采访团队，至今仍对这个系列的采访深感愉悦，这是一次美好的职业体验。特别是当已成为历史符号的一位位大师级人物，随着后人们的口述，真实鲜活起来时，那种感觉，更是美妙。

比如说起蒋百里，一般人只知道他是一位军事理论家，在《国防论》中提出了抗日持久战论。随着采访深入，我们发现：原来他是一位文艺复兴式的人物。举个小小的例子：1918 年到 1919 年，他受邀考察巴黎和会，游历欧洲，回国后写了一本书《欧洲文艺复兴史》，请梁启超作序。梁启超看了此书后，竟一口气写了5万字，只好另作短序，将长序改写、充实，以《清代学术概论》为名出版，反过来请蒋百里为此书写序。他学的是军事学，喜欢的是音乐。四个女儿受他影响，个个喜欢听欧洲古典乐，还至少懂两门外语。

采访中，这样意外的发现数不胜数。

而我在采访、编辑过程中，感受很深的，还有一点：要做大师，先做好人。

李叔同就曾对弟子丰子恺讲过：士先器识而后文艺。当丰一吟向我们转述这句话时，她的理解非常质朴：先要学会做个好人。爸爸（丰子恺）留给我们子女的最好遗产，就是教会了我们为人处世的根本态度。

这与陈省身女儿陈璞的话何其相似：父亲留给我们的最大财富是做人的方式。他对所有人都非常好，平等、尊重，不会在乎他的背景。

而王国维的女儿王东明则说：父亲生前教育我们后代，要勤奋读书，认真做事，要做个好人，不贪财，不争利，要以身教言传，教育后代。

家风的传承，就这样一点点如春风化雨。

……

最后，要特别感谢朱兴福先生，感谢他对《名人之后》栏目采访的鼎力支持。感谢杨丽芸博士、徐莹老师、颜婧宇同学、潘舒怡同学等对采访的翻译贡献。

感谢李辉先生，给予我们这个专栏忝列“副刊文丛”的机会。也要感谢本书的责任编辑陈灼女士的耐心细致。

因字数所限，本书选编了17位文化大家后人的采访报道，并均作了不同篇幅的压缩，个别地方作了修订。伺时机再出完全版。

沈秀红

2017年7月于禾城

副刊

精品栏目荟萃

《副刊面面观》（李辉　编）

《心香一瓣》（虞金星　编）

《纽约客闲话精选集　一》（刘倩　编）

《多味斋》（周舒艺　编）

《文艺地图之一城风月向来人》（孙小宁　编）

《书评面面观》（李辉　编）

《上海的时光容器》（伍斌　编）

《谈艺录》（刘炜茗　编）

《问学录》（刘炜茗　编）

《名人之后》（沈秀红　编）

《纽约客闲话精选集　二》（刘倩　编）

《编辑丛谈》（董小酷　编）

《本命年笔谈》（严建平　编）

《国宝华光》（徐红梅　吴艳丽　编）

《半日闲谭》（董宏君　编）

《云泥鸿爪一枝痕》（王勉　编）

个人作品精选

《踏歌行》（陈娉舒）

《家园与乡愁》（李汉荣）

《我画文人肖像》（罗雪村）

《茶事一年间》（何频）

《好在共一城风雨》（胡洪侠）

《从第一槌开始》（剑武）

《碰上的缘分》（王渝）

《抓在手里的阳光》（刘荒田）

《阿Q正传》（鲁迅）

《风吹书香》（冻凤秋）

《书犹如此》（姚峥华）

《泥手赠来》（黄德海）

《住在凉山上》（何万敏）

《老解观象》（解玺璋）

《犄角旮旯天津卫》（林希）

《歌剧幕后的故事》（薛维）

《色香味居梦影录》（姜威）

《走读生》（李福莹）

《回家》（朱永新）

《武艺十八般》（萧乾）

《一味斋书话》（熊光楷）

《收藏是一种记忆》（剑武）